河出文庫

Q10 1

木皿泉

河出書房新社

Q10《キュート》 1

目次
contents

Q10 2

目次

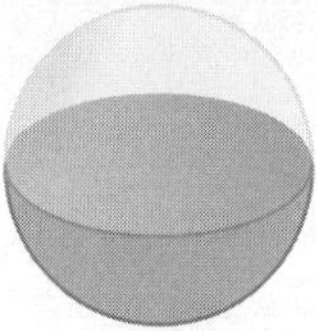

Q10《キュート》 1

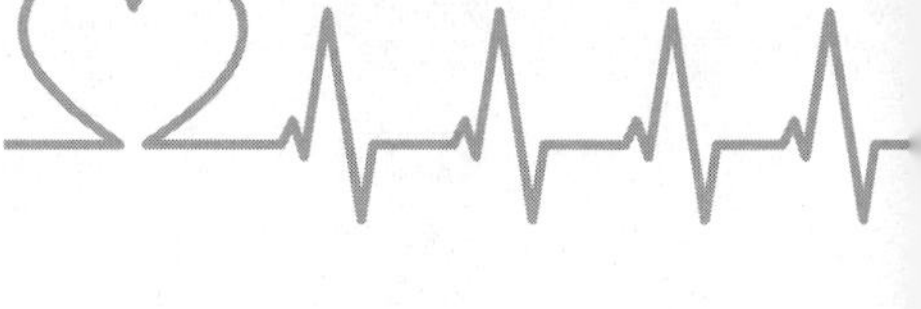

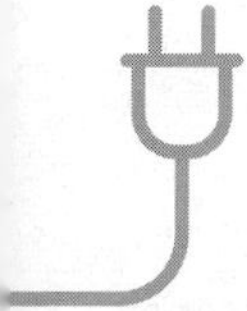

主 要 人 物 相 関 図

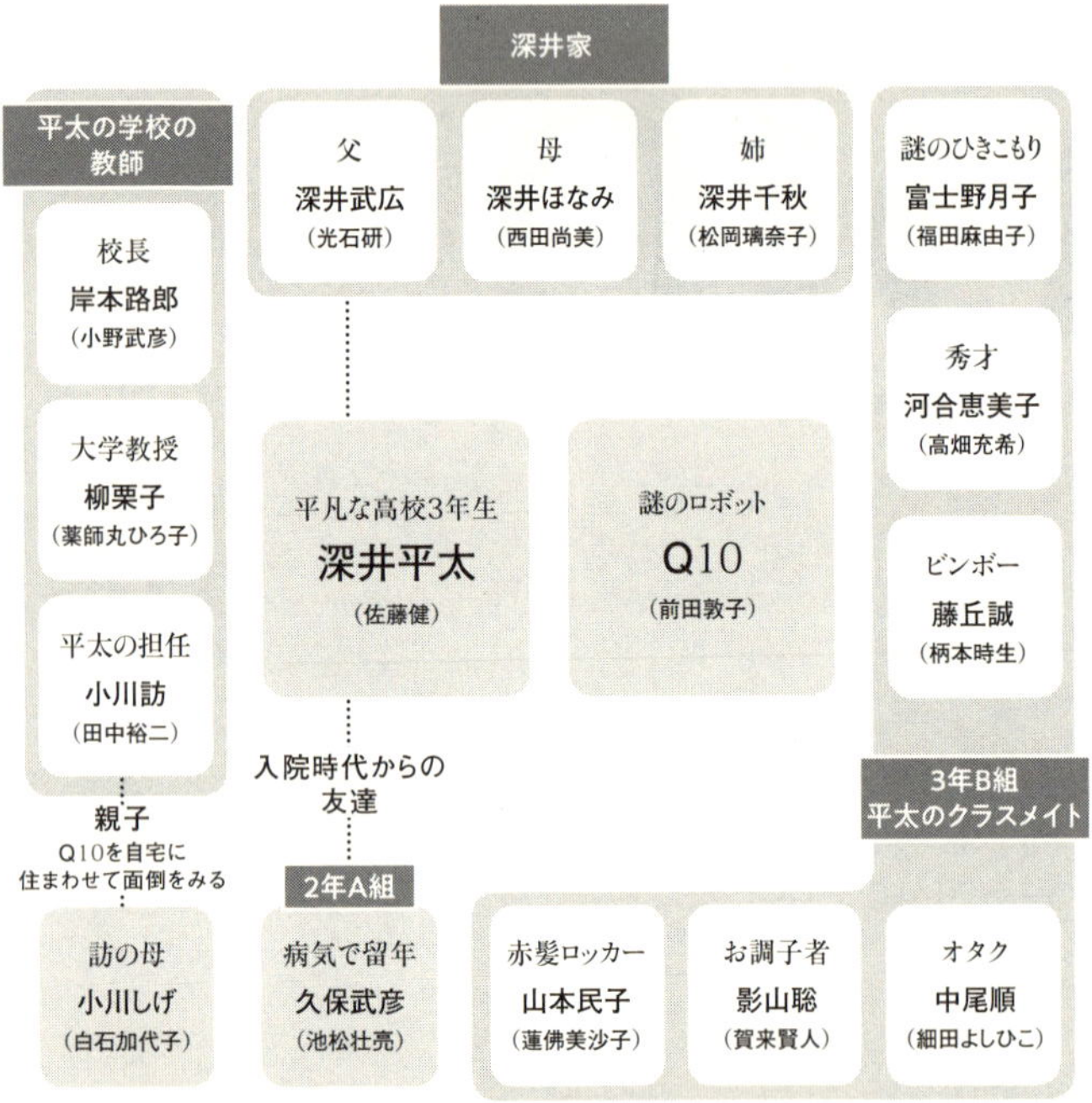

本文デザイン　坂野公一（welle design）

Q10

第1話

＃1　夕暮れの繁華街

女の子が打ち捨てられたようにうずくまっている。
季節はずれの服装にリュック。
誰かに蹴っ飛ばされるが、反応なく、ガクンと体が崩れる。

平太「（モノローグ）例えば、この地球上に、自分より大切に思える人なんて、本当にいるんだろうか？」

＃2　鹿浜橋《しかはまばし》高校・外観（夕暮れ）

＃3　教室

帰り支度の生徒たち。

平太「（モノローグ）例えば、オレの人生を変えてしまうような――」

平太《へいた》、ふと足元を見ると、隣の女子生徒がプリクラを落としている。とびきりの笑顔のカップルの写真。
平太、拾って渡してやると、女子生徒、怖い顔でひったくる。

平太「（何なんだよぉ）」

＃4　昇降口

靴箱の前で、後ろの女子達に「ほら言いなよ」とつつかれている女子と、靴を持ったまま固まっている男子。平太、その横をすり抜ける。

平太「（モノローグ）テレビで見たような告白をして――」

＃5 校門

しゃがんだカップルが頭をひっつけて、情報誌をめくりながら、あーだこーだと言い合っている。

平太、男子の方と「よッ」と互いに挨拶をかわす。

平太「（モノローグ）雑誌で見つけた服を着て、みんなが並ぶ店でデートして」

＃6 街

映画のポスターを見て、キャーキャー言い合っている女子達。

その群をぐるっと避けて歩いてゆく。

平太「（モノローグ）映画みたいな風景のなかキスをする」

＃7 道

夕暮れの道を歩く平太。

立ち止まって、遠くの鉄塔を見る。

平太「（モノローグ）夜中に、ひとり何度も問う。オレじゃなくてもよかったんじゃないか」

＃8　夜の繁華街

女の子、まだ同じ恰好で座っている。

平太「（モノローグ）お前じゃなくても、よかったんじゃないか？」

男達がちょっかいを出す。

無言の女の子。

無理やり連れてゆかれる。

＃9　バー

盛り上がっている酔っぱらい達。

店の隅でひっそり座っている女の子。

平太「（モノローグ）次の出席番号のヤツじゃダメなのか？」

＃10　店の外

放置されて、座っている女の子。

平太「（モノローグ）そもそも、二人でなきゃダメな理由なんてあったのか？」

いかにも悪そうな男達が女の子を取り囲む。

＃11　路地奥のごみの山

男達、女の子の服を脱がそうとしていて息がないのに気づく。
顔を見合わせる男達。確かに息をしていない。
わわわッ！　と逃げる男達。

平太「（モノローグ）いつでも始められて、いつでも終われる——」

男達、女の子をごみの山に投げ捨て、脱兎のごとく逃げてゆく。

平太「（モノローグ）そんな使い捨てみたいなものが、本当に恋なのか？」

酔っぱらった岸本《きしもと》がやってくる。
定まらぬ目でごみの山からはみ出た両脚を見ている。

＃12　夜の学校

学校にあるハートのカットの積み重ね。
例えば靴箱に貼られたハートのシール。
教室の机に『好き』の落書き。
忘れ物の箱の中に無造作に突っ込まれたハートのストラップ、等々。

平太「（モノローグ）どこにも売ってない、名前もついていないない、そんなふうに人を好きになるのは――」

＃13　校長室

誰もいない。
窓からの月の光が、部屋を照らす。
机の上に犬と一緒の校長、岸本の写真。
ごみの山の前で立っていた男である。
平太「(モノローグ) 途方もない奇跡なのか――」

＃14　路地奥のごみの山

ごみの山から、女の子をひっぱり出す岸本。
岸本「こらぁッ！　誰だぁ！　人間を捨てたのはッ！　人間はごみじゃねーんだぞッ！
バカッたれがぁッ！」
と言いつつ、ごみと格闘して女の子を掘り出す。
岸本「オレ、イヤ。ほんとイヤ。こんな世の中、大キライ」
岸本、よいしょと女の子を背負って夜の街をゆく。
平太「(モノローグ) 例えば、この地球上に、自分より大切に思える人なんて――」

＃15　深井家・平太の部屋
布団から目覚めたばかりの顔を出す平太。
平太「（モノローグ）いるんだろうか？」

＃16　リビング
朝食を食べている父の武広《たけひろ》、姉の千秋《ちあき》。
食べ終わった平太。
病院の薬を飲もうとしている。
母のほなみが、平太の横に病院の診察券、お金を置く。
平太「（薬を一気に飲んで机の物をひっつかんで）行ってきまーす」

＃17　小川自転車店・外観

＃18　洗面所
電気カミソリでヒゲを剃っている小川《おがわ》。
母のしげ、唸っているケータイを持ってやってくる。
しげ「ん（ケータイ、小川に渡す）」
小川、ケータイ見る。

小川「校長？」

＃19　岸本の部屋

岸本「（ベッドの上で電話している）どう？　昨日紹介した彼女、どうだった？　工学部の博士っていうのがネックなのかな、男に縁がないいんだよね、彼女」

＃20　小川家・洗面所

小川「（電話）いやぁ、ボクになんとかできる女の人じゃないと思うんですけど」

＃21　フラッシュ

サングラスをかけた柳《やなぎ》教授が、ガッシガッシ、餃子を食べている。

岸本「（声）シャイなんだって、彼女は」

＃22　岸本の部屋

床に女の子がゴロンと横になっている。

女の子の靴と靴下を脱がせ、ちゃんと毛布がかけられている。

岸本「（電話）そんなこと言わずに、一度付き合って——」

女の子を見つけて驚愕。

岸本「(声にならない叫び) うぇッ～～ッ!」
　昨日、ごみ捨て場で拾った女の子だが、岸本の記憶にない。

＃23　小川家・洗面所

岸本「(電話を通したパニックの声)」
小川「校長? 校長!」

＃24　路地奥のごみの山

　朝の盛り場。

　ゆうべ、女の子を連れ去った男達が、殴られ、次々とごみの山へ吹っ飛ぶ。

　殴っている人物は後ろ姿で、顔は見えない。

男「嘘じゃないっす。拾った時から、あの女、息なくて。だから、ここに捨てたっていうか。本当なんすよ」

＃25　鹿浜橋高校・校門

　登校してくる生徒たちに交じって、サングラスの柳教授がやってくる。

　貧乏暮らしの長い柳、園芸部の丹精して育てた野菜をこっそりちぎって、ガムテープで修理したタッパーに詰めている。

小川、柳を見つけて駆け寄ってくる。

柳「おっ、昨日はども（詰め込む）」

小川「（あわてている）理、理科準備室！　ボク、授業（あるんで）出席だけ（取ったら）すぐ（戻りますから）理科準備室（へ行ってください）」

小川、柳を置いてダーッと走ってゆく。

柳「（胡瓜《きゆうり》かじりながら見送る）」

＃26　理科準備室

使われていない薄暗い部屋。

柳、入ってくる。

岸本が、床に正座している。

柳「先生？」

岸本の頬につーッと涙が落ちる。

岸本「ボク、終わりました」

暗い埃だらけの部屋の中、窓辺に寄り掛かるように座っている女の子。

やわらかい陽の光の中に女の子のシルエット。

柳、近寄って、そぉっとその肌に触れる。

柳「（振り返って）先生——これ」

＃27　病院・診察室

川口《かわぐち》医師、ＣＴの写真を見ている。

川口「うん。きれい、きれい。いい感じじゃないの」

川口、平太の胸を診《み》る。

そこには大きな傷跡。

川口「深井《ふかい》君、先生の歯、触らせてくれたら手術してもいいって言ったじゃん」

平太「いやぁ」

川口「何であんなこと言ったの？」

平太「もういいじゃないですか。そんな昔のこと」

川口「だって歯だよ？　フツー言う？　歯を触らせてって」

平太「いや、だから——音が出るような気がしたんじゃないですか」

川口「音？」

平太「歯ってピアノの鍵盤みたいだから——この人はどんな音が出るんだろうって」

川口「（平太を見ている）」

平太「いや、そんな引かないで下さいよぉ。子供の頃の話なんですから」

＃28　鹿浜橋高校・校門

平太「（モノローグ）今でも時々——本当に時々」

遅刻した平太が登校してくる。

＃29　中庭

授業中の静かな校内。

自販機で牛乳を買う平太。

自販機に誰が書いたのか、独特のマークのいたずら書き。

平太「（モノローグ）この人なら、ひょっとしたら音が出るんじゃないかと思う時がある」

飲みながらふと見上げると、窓に私服の女の子が寄り掛かっているのが見える。

岸本が拾ってきた女の子である。

その横顔を見ながら牛乳を飲む平太。

＃30　理科準備室

そぉっと入ってくる平太。

窓辺に座っている女の子。

半開きの口。眠るように脱力した腕と脚。

平太「(牛乳パックのズズッという音。思いのほか大きな音にびびるが、女の子は目を覚まさない)」

女の子の開いた口許から奥歯が見える。

平太、動揺して、空《から》のパックを落としてしまう。

身をかがめて拾うと、女の子の裸足の足。

足の裏にQ10と刻印されている。

平太「!」

平太「(モノローグ) もちろん、音が出ないのはわかっているから、人の歯を触ったりなんかしない」

うしろめたいが、近づいて、口を覗き込む。

平太「(モノローグ) そんなことをするのは、人間として最低の行為だ。大体、音なんて、絶対に出るわけないんだし、そんなこと、確かめたいと思うのは、とてもおろかなことで――」

平太、思わず指を入れて歯を触ってしまう。

ファンと音が出る。

平太「! (凍る) うそ」

突然、うぃ〜〜んという音とともに、女の子の体がガクンッと大きく弾んで、目がゆっくり開く。

平太「！（腰を抜かす）」
女の子「（平太をじっと見る）」
平太「あっ、いや、あっ、あの――」
女の子「ナマエをつけて下さい」
平太「（声が裏返る）はい？」
女の子「キドウしてからジュウビョウイナイにナマエをつけて下さい」
平太「え？　いや、名前って――えぇッ？　つけるの？　オレが？」
女の子「アト、5ビョウです――4――3――」
平太「ちょ、ちょっと待って（足の裏のQ10を見て）キュー」
女の子「2――」
平太「（絞り出すように）キュート？」
女の子「ワタシのナマエはキュートです」
平太「ああ――はい」
女の子「アナタのナマエは――」
平太「深井平太――デス」
女の子「（平太の指をつかんで、自分の奥歯にあてる）」
平太「！」
　　ファンと音がする。

平太「（モノローグ）ラの音だ」
女の子「フカイヘイタをニンショウしました」
平太「（モノローグ）ラの音がする女の子に、出会った」

タイトル『Q10』

＃31　鹿浜橋高校・廊下
平太を捜しながら歩いているQ10《キュート》の後ろ姿。
小川「（大声）ロボットッ？」

＃32　別の廊下
急ぎ足で歩きながら話す岸本と小川と柳。
小川「えー、だって、どー見ても人間じゃないですか」
柳「だから、ヒューマノイドですよ」
小川「えー？（受け入れられない）」
柳「人型ロボットです」
岸本「ってことは、動くの？」
柳「スイッチが入れれば」

小川「しかし——ロボット?」
岸本「戻そう。とにかく戻そう。騒ぎが大きくなる前に——」
　　窓の外を目にした小川。
小川「(驚愕)校長ッ!」
　　岸本、柳、小川の指さす窓の下を見下ろす。
　　窓の下では、逃げる平太にどこまでもくっついて来るQ10。
岸本「動いてる——」
柳「入ったんだ、スイッチ(飛び出してゆく)」
　　柳の後に続く岸本と小川。

＃33　教室

　　飛び込んでくる平太。
　　あわててドアを閉めて、開かないようにドアにかじりつく平太。
　　生徒たち、面白がって寄ってくる。
影山「(ビデオカメラをいじっている)何ごと?」
平太「閉めて、閉めて」
　　窓から追っ手を見る影山《かげやま》。
影山「(撮る)何? お前、女に追っ掛けられているの?」

皆、わっと窓に群がる。
平太「いいから、閉めろって」
男子生徒たち、開かないよう応援してやる。
が、ドアはバーンッ！　と内側に吹っ飛び、男子生徒たちも吹っ飛ばされる。
Q10が立っている。
飛び込んできた岸本、小川、柳も呆然と見ている。
平太「！」
驚いて見ている生徒たち。
Q10「（辺りを見回して平太を見つけ近づく）」
平太「うわわわ（逃げる）」
Q10、平太を追い詰め、抱きつく。
生徒たち、「オ〜〜ッ！」となる。
影山「（撮っている）ね、誰よ？　誰？」
平太「（泣きたい）知らねーよ」

＃34　校長室
岸本、小川、柳に取り囲まれている平太。
平太、Q10に後ろから抱きつかれている。

柳「で、どこ触ったの？」
平太「えっ――いやぁ（Q10を離そうとするが離れない）」
小川「触ったンだろ？」
平太「あ、はい」
岸本「だから、どこ？」
平太「いや、どこって――」

＃35　フラッシュ

Q10の口の中に指を入れる平太。

＃36　校長室

詰め寄られる平太。

平太「(言えない。絶対に言えない)」
柳「言えない所なのか」
平太「あなた、誰なんですか？」
Q10「ワタシは――」
柳「しゃべった」
Q10「フカイヘイタのものです」

平太「いやいやいや」
小川「どういうことだ?」
岸本「(詰め寄る)どーゆーこと?」
平太「知りませんよぉ。キュートが勝手に言ってるだけで」
小川「キュートって?」
平太「名前ですよ、この人の」
岸本「何で知ってるんだ、名前」
平太「いや、それは――ボクがつけたからで」
柳「えー、あんた名前までつけたの?」
平太「だから、カウントダウンされて、焦りまくって、仕方なくというか――もう勘弁して下さいよぉ」
　平太に抱きついたままのQ10。
Q10「キュート、ネムくなりました」
　抱きついたまま動きが止まってしまうQ10。
平太「何? ちょっとぉ、離してよ」
柳「エネルギー切れかぁ――って、何のエネルギーで動いてるのかさっぱりわかんないんですけど(あちこちQ10を触りまくっている)」
小川「(Q10を離そうとするがビクともしない)固ッ」

岸本「人間の力じゃ無理だよ」
小川「やっぱ、ロボットだもんな」
平太「(まったく信じていない)ロボットって――」
　柳、Q10の頭を探っていて何かのスイッチに触ってしまう。
　突然、背中にある扉がパカッと観音開きになる。
　(洋服もそのように出来ている)
柳「！(覗き込んで)これッ！」
　岸本、小川も見て息を呑む。
　精密な機械がぎっしりと詰まっていて、せわしなく点滅している。
　Q10を背負ったままの平太には、見えない。
平太「え？　何？」
　三人、あまりのことに口がきけない。
平太「だから、何なんですか」
小川「(見たくなかった)ほんとにロボットだったんだ」
柳「(凝視)うん、確かに」
岸本「――けなげだよな」
　柳と小川、岸本を見る。
岸本「何だか知らないけど、律儀に動いてるじゃないの」

平太、Q10の横顔を見る。
平太「ロボットって――」
天使のように羽を広げて眠るQ10。

＃37　理科準備室

Q10のリュックをひっくり返している柳。
窓辺に岸本と小川。
柳「私達、見てはいけないものを見てしまったんじゃないかしら」
岸本、小川、柳の言葉に怖くなる。
小川「やっぱケーサツじゃないですか？」
岸本「（うんうんうん）」
柳「ケーサツねぇ。秘密を知り過ぎたからなぁ。持ち主が闇の組織だった場合、私達、タダですむのかな？」
小川「闇の組織って――」
柳、リュックから充電器らしきものを引っ張りだす。
柳「おッ、充電式か？　動くかも（あわてて出てゆく）」
小川「どうします？」
岸本「ケーサツに届けた場合、ボクが女の子を拾ったことは、奥さんにばれるってことかな？」
小川「まぁ、奥さんだけじゃすまないでしょうね」
岸本「（ギョッとなって）新聞とか載っちゃう？」
小川「週刊誌、ワイドショー、ネットニュース」
岸本「顔写真とか出たりして？」
小川「校長、ペット自慢の取材で新聞社に写真撮られたからな」
岸本「あーッ、チロちゃんと一緒の？　アレ、出ちゃうわけ？」

＃38　校長のイメージ

スポーツ新聞『淫乱校長のやりたい放題』の見出し。
何故か犬だけ目隠しの愛犬チロちゃんと一緒の岸本の写真。

＃39　理科準備室

岸本「（頭を抱えて）あう～～ッ！（と崩れる）」
小川、見ている。

＃40　校長室

柳、Q10にコンセントらしきものが収納されているのを発見。引っ張ると掃除機のコードのように伸び縮みする。

柳「あったぁ～！（充電器を接続する）よしッ（指さし点検）充電開始ッ！」

Q10、平太を抱いたまま充電されている。

平太「オレ、どれぐらい、こうしてるんですか？」

柳「そんなこと、私にわかるわけないじゃない（出てゆく）」

平太「えーッ！」

平太に巻きつくQ10の手。

平太、手をちょっと触ってみて、自分の腕の匂いと比べるが判らない。

ニョキッと出たQ10の脚に、平太、目のやり場に困り、スカートで隠してやったりする。

平太、空を見る。

平太「ハラ、へった」

＃41　教室

出席を取っている女性教師。

教師「深井君――いないの？」

影山「女の子と消えて、そのまま帰ってきません」

生徒たち、「ラブホ？」等と騒ぎだす。

教師「はい、静かにッ！　福島《ふくしま》さん——宮沢《みやざわ》君」
　藤丘《ふじおか》、カッターナイフを出したり引っ込めたりしている。

＃42　**校長室**
　充電中のQ10を背負いながら、苦労してパンを食べている平太。
平太「どーなるんだ？　オレ」
　校長室に忍んで来る男子生徒。
　平太と同じクラスの藤丘である。
　あわてて隠れる平太。
　藤丘、ギリギリとカッターの刃を出す。
　校長の椅子を切り裂き、マークを刻む。
　ざっくり裂ける校長の椅子。
平太「（びっくり）」
　平太、思わず音を立ててしまう。
藤丘「！（あわてて逃げてゆく）」
　藤丘が落としたカッター。
　『フジオカ　マコト』と名前が書いてある。
平太「あいつ——バカ」

無理な姿勢で何とかカッターを拾う。
岸本、入ってくる。
岸本「（変な姿勢の平太を見て）何？　どうしたの？」
平太「いや、ちょっと」
岸本「（切り裂かれた椅子を見て）あーッ！　誰がこんなことを！（平太を見る）」
平太「知らないっす。オレ、全然、知らないっす」
岸本「（疑惑の目）」

＃43　廊下

長～い電気コードが、校長室からトイレまで続いている。

＃44　トイレ

コードのついたQ10を背負った平太、用を足している。
Q10を支える岸本。
岸本「椅子、やったの誰よ？」
平太「（とぼける）さぁ」
岸本「見たんだろ、犯人の顔」
平太「いやぁ――」

Q10「（目が開く）」
　平太の背中で、いきなりQ10の体がぐぉんと大きく動く。
平太「うわッ！」
　おしっこの照準が狂って、平太は焦り、
岸本「わわわッ（と逃げまどう）」
Q10「キュート、カクセイしました」
　Q10、後ろからじっと平太が用を足す様を見ている。
Q10「ナニをしているんですか？」
平太「ちょっと見ないで、お願いだから」
岸本「これはね、排尿と言ってね――」
Q10「ハイニョ～」
平太「先生、そんなこと教えなくっていいって」

＃45　トイレ・外
Q10「（声）ハイニョ～」
平太「（声）うわッ！　さわるんじゃねぇ～～ッ！」

＃46　校長室

平太、Q10、岸本、小川、柳が話し合っている。
柳は、Q10の能力を調べたいのか、ボールを見せてどっちが大きいとか聞いている。

岸本「（厳かに）ロボットってことは、この四人の秘密だから。とりあえず、この学校に通わせて様子を見ることにする」
平太「あの——四人って、ボクも入ってるんですか？」
岸本「君のクラスに入れることにしたから、面倒見てくれよな」
平太「えーッ！　オレが？　何で？」
小川「お前なんかまだいいよ。オレなんか、コレ、家で預かることになったんだぞ（まだ納得していない）」
Q10「（平太にボールを見せる）コレはナンですか？」
平太「（めんどくさい）ボール」
Q10「ボール」
平太「いや、だって、ケーサツに届けなくていいんですか？」
岸本「届けてもいいけど、その時は、君が女の子の奥歯に触ったことも警察に言わなければならないけど、いいのかな？」
平太「（息を呑む）何で歯のことを——」

柳「本人から聞いた」
平太「！（Q10を見る）」
小川「いいのか？　お母さんに、お前のエッチがばれても」
平太「――」
小川「親にスケベェがばれるんだぞ。（想像して）おぉ～っ恥ずかしいッ！　オレだったら舌かんで死ぬな」
平太「――」
小川「親だけじゃないぞ。ネットのニュースになってみろ、お前のエッチが未来永劫残るかもしれないんだぞ」
岸本「（真っ青になって）うそッ！　未来永劫なの？」
平太「――（すべてが面倒）」

＃47　屋上
歩いている平太と柳とQ10。
柳「ここが屋上」
Q10「オクジョー」
柳「きっと学習してゆくタイプのロボットなのね。今は生まれたてみたいなもんなんだから、あなた、色々教えてあげなさいよ」

平太「えーッ、何でオレがそんな面倒なことを——オレ、関係ないし」
柳「しょうがないじゃない。君がこの子を目覚めさせてしまったんだから」
平太「じゃあ、リセットボタン押せばいいじゃないですか。あるんでしょ？　機械なんだからリセットボタン。で、みんなで見なかったことにすればすむ話でしょ？」
柳「スイッチが入ったら、もう元にもどせないの（と言って行ってしまう）」
残される平太とQ10。
平太「（時計を見る）オレが面倒見るの、授業終わるまでって約束だから（行こうとする）」
マークのような落書き（藤丘が校長のイスに刻んだのと同じもの）をじっと見ているQ10。
平太「いいんだよ、そんなの。誰かの落書きなんだから」
Q10「ラクガキ」
行こうとする平太。
Q10「アレは（街を指さして平太を見る）」
平太「だから、もうオレの時間、終わりだから——」
Q10「（指さしたまま平太をじっと見ている）」
平太「えーっ、これって（めんどくさい）街？」
Q10「マチ——」

平太「だから、あのでっかいのがスーパーで、その横が立体駐車場、鉄塔があって、赤くてチラチラしてんのが不動産屋の旗旗旗、エロいジイサンがやってる豆腐屋があって、エッグサンドがうまい喫茶『ロンドン』だろ、その横にものすごくしょぼい花屋があって、——とにかく、これ、全部が街」
Q10「これゼンブ——マチ？」
平太「そう。オレ達の街」
Q10「オレタチのマチ」

＃48　教室
ようやく解放された平太。
影山が一人、自分の撮った映像を見ている。たとえば、女子生徒がカバンに教科書を詰めている映像。
平太「（後ろから見る）」
影山「（気づいてパニック）何見てるンだよッ！　見ただろ？　見たよな。絶対に言うなよッ！」
平太「いや、河合《かわい》の映像しか見てない」
影山「だから、それを人に言うなって言ってるのッ！」
平太「どういうこと？　何で河合、撮ってたんだ？」

影山「だから──」
平太「（あっとなる）うそぉッ、お前、河合、好きなの？」
影山「だから、人に言うなって言ってるだろ」
平太「ふーん、付き合ってるんだ」
影山「あのなぁ、河合と付き合うってことは、オレのキャラが崩壊するってことなんだぞ。そんなコワイことできるわけねーだろ！」
　どんどん歩いてゆく影山。
影山「（振り向いて）絶対に言うなよッ！」
平太「──（面倒なヤツ）」

＃49　柳の部屋
　帰ってくる柳。
　玄関の扉が外されて、なくなっている。
柳「あ〜〜ッ！　玄関がないッ！　何で？　何でないの？」
　貼り紙。
　『滞納している家賃を払うまで、玄関の扉を預かっておきます。大家より』
柳「あの、強欲大家め〜〜ッ！」
　何事かと、人が覗いている。

柳「（キッと見返す）散れッ！　散りなさいッ！」

#50　小川家・居間

夕食を食べている小川と母のしげ。

Q10、熱心にテレビで時代劇（手籠《てご》めにされそうな町娘が助けを呼んでいる）を見ている。

しげ「（Q10を見る）ロボット？　ロボットなの？」
小川「（食べている）校長が拾ってきちゃったんだよ」
しげ「ロボットを？」
小川「（小声）買おうと思ったら億するらしい。億」
しげ「（驚いて）ロボットが？」
小川「だって、しゃべるし、歩くし」
しげ「ロボットなのに？」
小川「そーだよ。電球換えた？」
しげ「（うん）」
小川「（Q10を見て）そっか、こんな家でも、若い女の子が居るとパッと明るくなるんだ」
しげ「ロボットでもね」

小川「(ボソッと) オレ、結婚しようかな」
しげ「ロボットと?」
小川「人間とだよッ!」
しげ「(しみじみと) お前もロボットだったらよかったのに」
小川「(びっくり) なんで?」
しげ「結婚できなくても恥じゃない」
小川「(煮詰まる)」

#51　鹿浜橋高校・理科準備室
大量の荷物を運んできた柳。
室内は、いつの間にか自分の部屋に改造してある。
柳「(見渡して) ま。玄関ない部屋よりマシか」

#52　深井家・平太の部屋
平太、風呂上がり (上半身はまだ裸のまま)。
ノックとともに父の武広が入ってくる。
平太「何?」
武広「オレ、風呂入るわ (出てゆく)」

平太「何でいちいち（オレに言うわけ？）」
　ベッドに倒れ込む。
平太「はぁ――つかれたぁ」

＃53　リビング

　水槽を凝視しているほなみと千秋。そこへ武広、入ってくる。
武広「久しぶりに平太の手術の痕、見ちゃったよオレ」
ほなみ「（水槽を見ながら、さびしく）やっぱり、残るのかな一生」
武広「（二人が水槽を見ているのを気にして）何？」
千秋「平太の飼ってた魚、母ちゃん、殺しちゃってさ」
ほなみ「（暗い顔）なんか汚いから、つい洗っちゃったのよね。それがお湯だったみたいでさ」
武広「ええッ！　そりゃ死ぬわ」
千秋「だからバレないように、新しいの買ってきた（買ってきた魚を見せる）」
武広「でも、それ、色、違うぞ」
ほなみ「そういえば、ブルーだったんじゃない？」
千秋「うそぉッ！」
武広「バレるぞ、オレ知らねーぞ」

ほなみ「どうしよう」
千秋「大丈夫よ。交ぜちゃえば。（魚を水槽に入れる）ほら、（かき混ぜる）わかんないって、ほら」
ほなみ「（絶望）もろバレだわ」
そこに平太が入ってくる。パッと水槽から離れる家族たち。
みんな、平太の行動を気にしている。
平太、水槽に近づく。
武広「（声大きい）病院どーだった？」
平太「ん、いつもと同じ」
ほなみ「よくなってるって？」
平太「うん、全然、心配ないって（水槽覗き込む）」
みんな、落ちつかない。
平太、振り向くと、みんなパッと知らないふり。
平太、じっと水槽を見ている。
家族達、平太の様子を窺っている。

＃54　平太の部屋

千秋、顔を覗かせる。

勉強している平太。

平太「(手を止めずに。以下同じ) 何だよぉ」

千秋「水槽、気づいた?」

平太「そりゃ気づくだろう。色、違うし」

千秋「なんで何も言わないのよ」

平太「言って、どーにかなるわけ?」

千秋「何だろうね、そのリアクションは」

平太「どーせ死んだんだろ? だったら元に戻るわけでもないし」

千秋「あんたって、ほんッと冷たい (出て行く)」

平太「――」

#55 ベランダ

植木鉢に熱帯魚のお墓。

武広とほなみ、しゃがんで見ている。

ほなみ「平太に何かよくないことが起こったら、どーしよ」

武広「大丈夫だって。身代わりになってくれたと思えばいいじゃん」

ほなみ「(拝む) バチあたるんなら、平太ではなく、どうぞこの私に」

武広「(男らしく) いや、オレに (拝む) 断固、オレに」

ほなみ「（嬉しい）タケちゃん！」
武広「（いいの、いいの）」
ほなみ「（拝む）じゃあ、思う存分、タケちゃんに」
武広「ええっ！」

＃56　小川家・居間
しげ、テレビを見ながら、制服にアイロンをかけている。
しげ「（テレビのクイズに答えている）柿渋ッ！　——ほらぁ、柿渋じゃない」
その横で、膝を抱えて丸くなって充電するQ10。

＃57　深井家・リビング
水槽の灯りだけが点いたリビング。
ボンヤリと熱帯魚を見つめる平太。
平太「みんながなかったことにしてるのに、オレだけギャーギャー言えないっつーの（餌をやる）」

＃58　鉄塔
朝。学校に向かう平太。

遠くの鉄塔を見る。
＃59　小川自転車店

登校前の平太、待っている。
出てくる、制服を着たQ10。
平太「！（ちょっと背筋が伸びる）」
＃60　道

歩く平太のすぐ後ろにQ10。

平太「いいか、絶対に抱きつくんじゃないぞ」
Q10「(コクン) ぱふ」
平太「(思いついて) あのさ、リセットボタンとかあるの？」
Q10「あります。ヒダリのオクバです」
平太「あるんだ」
Q10、口を開けて平太に見せる。
平太「！」
信頼しきった顔で口を開けているQ10。
平太「(なぜか怒っている) 何で、そんな大事なこと、簡単に教えるんだよッ！」

Q10「ナニをオコッているのデスカ?」
　平太、ひとりでどんどん行く。
Q10「オコるリユウはなんですか」
平太「(自分だってわからない)」

#61　鹿浜橋高校・教室
　朝のHRの時間。
　教壇に立つ小川。
　その横にQ10。
　Q10を見て、ザワザワと話している生徒たち。
五條「あれって、昨日の?」
西村「そうそう。ドアふっ飛ばした」
　中尾《なかお》がアニメ雑誌から顔を上げる。
重松「かわいいよね」
　河合、かわいいというコトバに反応して見る。
小山「やだ、河合さん、ライバル視してるぅ」
河合「(すぐ下を向く)」
　藤丘、騒ぐみんなに合わせてなんとなく笑っている。

民子《たみこ》は寝ている。
そんな様子をビデオに撮る影山。
小川「えっと、転校生です」
Q10「(ものすごく深〜いお辞儀)ヨロシクおねがいします」
女子生徒たち、チラチラと平太とQ10を見る。
平太「(うんざり)」
小川「えー、席は――」
影山「そりゃ、深井君の隣でしょ」
津村「やっぱり、彼女なんだ」
森永「そりゃ、抱き合ってたし」
小川「いや、その、彼女は帰国子女で、ちょっとオーバーアクションなんだ。久しぶりに深井に会って、その久しぶりというのは――お前、幼なじみだろ？　な？」
平太「(びっくり)は？」
影山「え？　そーなの？」
平太「う、うん」
中尾「(真剣に)先生、名前は？」
小川「あッ(絶句)名前かぁ――そうか、えっと、名前は――」
Q10「キュートです」

中尾「きゅーと？」
影山「それ名字？」
　小川、あわてて黒板に『久戸《きゅうと》』と書く。
　ちょっと悩んで、その下に『花恋』と書き足す。
小川「えっと、久戸花恋《かれん》さんです」
平太「（呟き）花に恋って――」
小川「じゃあ、皆、自己紹介してもらおうか」
　生徒、初めは照れながら、机の順番に立って名乗っていく。藤丘、控え気味に腰を浮かせ、小さい声で「藤丘です」と言って、すぐに座る。
　生徒たち、段々と面白がってどんどんそのスピードが速くなってゆく。
小川「こらこら、そんなに速くじゃ久戸さんが覚えられないでしょう？」
Q10「大丈夫です。覚えました」
　しんとなる教室。
　「覚えたって」「嘘だぁ」等々の陰口。
Q10「（次々と指さして、的確に名前を言ってゆく）」
影山「すげぇ」
　圧倒される生徒たち。
西村「圧倒的記憶力。河合よりすごいかも」

河合、無理に笑っている。
赤川「(コソコソと)見た? 河合さんの顔、引きつってたよね」
小山「(コソコソと)こりゃ、ついに学年トップ陥落の危機か!」
宗田「(コソコソと)したらただのブスじゃん」
影山「(河合を見る)」
河合、机の下でそっと手を握り締める。
Q10「(名前言い終えて)ツヅき、おネガいします」

#62 理科準備室

平太とQ10。
平太「とにかく、目立つのはダメだから」
Q10「メダツのはダメ——」
平太「教室では、目立たず、平穏にやり過ごすのが一番なの」
Q10「ナゼですか?」
平太「それが学校のルール。それから、これ君の名前だから(『久戸花恋』と書いて見せる)書いてみて」
Q10「(も書く)」
平太「そうそう——え? これオレと同じ筆跡じゃない。ダメだよ。違う字で書かないと」

Q10「ちがうジ？」

平太「字っていうのは、同じなんだけど一人一人違うもんなの」

Q10「オナジだけどチガう」

平太「ちょっと変えて書いてみようか」

Q10、器用に『久戸花恋』をひっくり返して書いてみせる。

平太「いや、そーじゃなくて――あーッ、もうめんどくせぇ」

Q10「（見ている）」

平太「なに？」

Q10「リセットボタンおしますか？（口を開ける）」

平太「――」

Q10「（口を開けたまま）おさなひんですか？」

平太「――」

♯63　二年A組

窓から覗いている平太。

平太「おーい、久保《くぼ》ッ！」

近づいてくる久保。

本来なら平太と同じ三年生だが、タイミングの悪い時期に大病をわずらったため進級できず二年生でいる。

久保「何？」
平太「ここんとこに『久戸花恋』って書いて」
久保「何それ」
平太「いいから書いて」
久保「クラスのヤツに頼めばいいじゃん」
平太「同じ学年はまずくてさ——」
久保「(見る)」
平太「あ——ゴメン。いいや、他探すわ（行こうとする）」
久保「ヘイタ——」
平太「ん？」
久保「オレ、再手術することになった」
平太「！（ショック）」
久保「来年も二年だよ、オレ」
生徒たち、「久保〜、出るぞぉ。アラキのドヤ顔」等と呼んでいる。
久保、急いで『久戸花恋』と書いて渡す。
生徒たち「出たぁ、出ましたぁ。そのままキープ！（シャメで写している）」

久保「（小声）二年ってのんきだろ？　お前のクラスなんか受験でピリピリしてんじゃねーの？」

クラスメイトに近づいてゆく久保。

久保「（シャメ見て）うわッ、最強だな、これ」

ゲラゲラ笑っている久保を見ている平太。

＃64　病院（平太の回想）

夜の誰もいない病室に入院中の小学生の平太と久保。

二人の腕には点滴。ベッドの横には心電図モニター。

壁には『早く学校に戻ってきてね！』などと書かれた寄せ書き。

久保「世の中って、不公平だよなぁ」

平太「でも、二〇一二年には人類滅亡するっていうし」

久保「無理無理。どーせ滅亡しないって」

平太「頼む？」

久保「誰に？」

平太「昔、噂あっただろ。鉄塔の下に、願い事書いた紙、埋めたら叶うって」

久保「でも、人類滅亡だぜ？」

平太「無理かぁ――今のオレ達には、鉄塔の下に埋めにゆくことすら出来ないんだよな」

久保「――埋めに行こう」

平太「(見る)」

久保「病院、抜け出して、人類、滅亡させに行こう」

＃65　鹿浜橋高校・教室

ボンヤリと窓の外を見ている平太。

傍《かたわ》らでは久保の字を真似て名前を書いているQ10。

窓の外では運動場を走っているクラスメイトたち。

平太「ごくろーさんです」

Q10、顔を上げる。

Q10「ヘイタはみんなと走らない」

平太「(訂正するように) 走れない」

Q10「(見る)」

平太「オレの心臓は、不良品だから」

Q10「(見る)」

平太「修理したから (大丈夫) ――完全にってわけにはゆかないけど」

Q10、突然平太の口に指をつっこむ。

平太「！」
Q10「リセットします」
平太「（Q10の手をつかむ）それは無理だよ」
Q10「――」
平太「人間にはリセットボタンはない――ないんだよ」
Q10「ではどうするのデスカ？」

#66　教室

Q10の声「ニンゲンはリセットしたいとき、どうするのデスカ？」
ぼんやり、窓を見ている平太。
出席を取っている小川。
小川「深井ッ！」
平太「あ、はい」
小川「福島」
福島「はい」
小川「――宮沢」
Q10「センセイッ！（まっすぐに手を上げる）」
小川「（怯えて）何？」

Q10「センセイは、フジオカマコトのナマエをよんでいません」

平太「？（藤丘を見る）」

　みんなに見られて、凍りつく藤丘。

　「そういや、呼んでないかも」「何で藤丘、飛ばされるわけ？」等々。

　生徒たち、騒ぎ出す。

小川「いや、それはだな。色々事情があって――」

　「事情って？」「何ですか？」と口々に生徒たち。

小川「それはまた追々――」

　藤丘、いたたまれず教室を出てゆく。

　「何なんだよ。藤丘、何したんだよ」生徒たち、動揺する。

小川「それは、つまり――」

鷲田「授業料払ってないいんだよ」

　教室、静まる。

鷲田「家の事情で払えねーの。だから出席簿から名前、抹殺されちゃったの」

　「ひどい」「マジかよ」「先生、本当ですか」等々。

小川「うちは私立だし、授業料高いからなぁ――お前ら、親が高い授業料払ってんだから。はい授業授業――」

　小川、授業を始める。

Q10「(出てゆこうとする)」
平太「(びっくり。小声で) どこ行くの?」
Q10「フジオカマコトをサガしにゆきます」
平太「やめておけって――」
Q10「(平太を見る) ナゼですか?」
平太「だから、一人にさせてやれって」
Q10「でも、フジオカマコトはナマエをよんでもらってません」
平太「人間には誰にもわかってもらえないことってあるんだよ」
　死んだように眠っていた山本《やまもと》民子、目を開ける。
平太「こっちは、どうしたって判りッこないんだから、だったら知らないふりするのがいいんだって。それが親切なんだって」
Q10「フジオカマコトをサガします。そしてナマエをよんでもらいます」
　Q10、出てゆく。
平太「(何なんだよ、もう)」
小川「(Q10に) おい、どこ行くんだ。遠くへ行くなよ。戻ってくるんだぞ」
　小川、授業どころでない。
　平太の筆箱の中に藤丘のカッターナイフ。
　裏を返すとマークのような模様。

平太「！」

#67　平太の回想

Q10が見ている屋上の落書きのマーク。
自販機に描かれたマーク。
靴箱に、トイレに、学校の様々な所に刻まれているマーク。
そして、校長の椅子の切り刻まれた跡。

#68　教室

平太「！（ガタンと立ち上がる）」
小川、何だ？　と見る。
平太、そのまま教室を飛び出してゆく。
小川「あ、捜しに行ってくれる？　頼んだぞッ！」

#69　学校内各所

藤丘を捜している平太。
どこにもいない。
捜しながら、藤丘のつけたマークが、いたる所にあることに初めて気づく平太。

窓に藤丘の姿が見える。
何度も何度も手を大きく振り下ろしている。
まるで何かを切り裂くように。

平太「！」

＃70　家庭科室

飛び込む平太。

平太「何してんだよッ！」
粉だらけの柳と藤丘、Q10、一斉に平太を見る。
皆、パンをこねていたのだ。

柳「内緒よ、内緒。強力粉見つけちゃったからパン、作ってるの」
藤丘、Q10、もの凄い力で、バンッ！　と小麦粉の固まりを打ちつける。

柳「(平太に) スカッとするよ。あんたもやる?」
平太、安堵で腰が抜ける。

＃71　校庭

座っている平太と藤丘、Q10。

藤丘「毎朝、目覚めるのが怖いんだよ、オレ」

＃72　回想

汚れですさんだ家の中。

藤丘「（声）家なんかどんどんすさんでゆくし、このまま自分じゃなくなってゆくみたいで――」

＃73　校庭

座る平太、藤丘、Q10。

藤丘「学校来て、やっと自分を保ってられる。いつもと変わらないクラスのヤツがいて、小川はあいかわらずキモくて。オレにとって、学校だけが普通でいられる場所なんだ」

平太「（手の中のカッターナイフを握りしめる）」

藤丘「でも、先のこと考えると、どうしていいか分からなくなる――でも、そーいうの人に言うの迷惑だろ？　気ぃ遣われるのも惨めだし」

平太「――そうかな、迷惑かけてもいいんじゃないかな」

藤丘「ヤだよ。みんなの困った顔、見たくないし」

平太「――（カッターを渡す）」

藤丘「！（硬直）」

平太「ゴメン——オレ、見ちゃった」
藤丘「(恥ずかしい)——消えてしまいたい。——っていうか最初からいなかったらよかったのに、オレなんか」
平太「——そんなこと言うなよ」
Q10「ニンゲンにはリセットボタンがありません」
平太と藤丘、Q10を見る。
Q10「だから、ニンゲンは、やりなおしたいトキは、たすけをよぶのですね。ヤリカタわからないですか？　ワタシ、やってみせます」
Q10、すっくと立つ。
収納されていたコードを平太に持たせる。
Q10「ここ(コードの端)をひっぱってください。ハイッ！　ひっぱって」
平太「え？　引っ張るの？(引っ張る)」
Q10、ぐるぐる回る。
Q10「(時代劇の真似)あれーたすけてぇ！(大真面目)オオゴエでさけぶとかならずたすけにきてくれます。それがニンゲンのルールです(自信たっぷりに二人を見る)」
平太「それは——」
Q10「ワタシのいうことは、まちがってましたか？」

平太「いや、間違ってるというか――（大真面目に言われてもなぁ）」
藤丘「――本当にそうだったらいいのに」
平太「（見る）」
藤丘「大声で叫ぶと必ず誰か助けに来てくれる。本当に、それが人間のルールだったらいいよな」
平太「（見上げる）」
　授業中の窓、窓、窓。
平太「――」
　平太と藤丘とQ10、窓を見ている。
平太「（息を吸い込んで、叫ぶ）誰かぁ！　誰か助けて下さい！」
藤丘「！」
　窓は開かない。
平太「（叫ぶ）誰かぁ！　誰か助けて下さいッ！」
藤丘「――」

＃７４　教室

　小川の授業。
　平太の声が聞こえ、窓を見るクラスメイト達。

下の校庭で叫ぶ平太。
藤丘とQ10も「助けて下さい」と叫んでいる。
伊坂「何してんだ、あいつら」
鷲田「助けを求めてるんじゃねーの？」
栗林「何のために？」
福島「不毛なやつら」
津村「先生、何とかしてやってよ」
小川「オレだって雇われの身だ。何ともできん」
大友「校長に頼むとかさ」
小川「校長だって雇われだよ——はい授業戻るぞ」
ぞろぞろ席に戻る。
「誰か、助けて下さい」の声。
河合、戻らずじっと見ている。
手をギュッと握っている。
影山「(河合の握られた拳を見て動揺する)——あのさ」
皆、影山を見る。
影山「あんなに助け求めてるのに無視って、それはないいんじゃないの」
河合「(影山を見る)」

小手川「一緒に叫ぶ?」
宮沢「誰に向かってだよ」
影山「だから——空だよ、空」
重松「空って——神様に頼むってこと?」
伊坂「そんな、いるのかどうか、わからないものに」
鷲田「新聞社のヘリコプターでも飛んでくれれば、オレ達だって叫ぶけどさ」
吉永「でも初雪の時は飛んだ!」
影山「そうだよ! うちのグラウンドの写真、新聞に載ったよなぁ」
津村「雪、降らないでしょ」
岡崎「事件とかないと無理だね」
　山本民子が顔を上げる。
民子「飛ぶかもしれない」
　生徒たち、民子を見る。
民子「今日、渋谷で○○のゲリラライブやる」
佐野「え? ○○って?」
鷲田「ロックグループだよ」
伊坂「○○なら、そりゃ渋谷はパニックだ」
影山「おしッ! 新聞社にチクッて、ヘリ飛ばそう」

#75 校庭
叫んでいる平太と藤丘、Q10。
窓から影山が顔を出す。
影山「お前ら声小せえんだよッ！ もっと大声で言わないと届かねーぞッ！」
顔を見合わす三人。

#76 校庭
ぞろぞろ机を持った生徒たちが校庭へ歩いてゆく。
「何？ 何やってるの？」「さぁ、みんなで助けをよぶらしいよ」「何の助け？」
「なんか、おまじないみたいなもんらしいよ」無責任な生徒のおしゃべり。
校庭に机で字を作っている。
呆然と見ている平太と藤丘、Q10。
影山、机持ってきて。
影山「ほら、お前らも運べよ」

#77 廊下
机を二つ運んでゆくQ10。

すれ違ってゆくQ10を見る久保。
窓から校庭の様子を見る民子。
久保「(校庭を見て)何してんだろ」
民子「皆で助けて、って言うんだって」
久保「皆で? ふーん」
民子「(無造作にカツラを取ると真っ赤っかの髪)」
久保「(びっくり)カツラなんだ」
民子「先生もクラスの子も知ってるよ。安物だもん。見たらモロバレ。でも、みんな知らんぷりしてくれる。(遠い目)それって冷たいのかな? それとも優しいのかな?」
久保「――多分、両方だな」

#78 校庭

机で作ったSOSの文字。
生徒たち、祈るように空を見ている。
滝「来ないか」
栗林「ゲリラライブぐらいじゃヘリ出さねえか」
西村「このままじゃ盛り上がらず、お開きだな」

影山「（目を凝らして）キターッ！」

ヘリが飛んでくる。

生徒たち、うぉ〜〜ッと唸るように叫ぶ。

平太も藤丘もQ10も影山も河合も、何を言っているのかわからず、目茶苦茶に叫んでいる。

#79　教室

机のなくなった空っぽの教室で小川、黒板を消している。

『戦争を知らない子供たち』の歌詞が書かれている。

『若すぎるからと許されないなら、髪の毛が長いと許されないなら、今の私に残っているのは、涙をこらえて歌うことだけさ』

校庭の生徒たちの声を聞いている。

#80　廊下

柳、焼けたパンを食べている。

ヘリを眩しそうに見ている。

＃81　別の廊下

校庭を見つめている久保。

＃82　校長室

椅子にビニールテープを貼っている岸本。
ヘリに気づいて窓に寄り、校庭を見る。

＃83　校庭

皆に交じって、叫ぶ藤丘。
平太も大声で叫んでいる。
ＳＯＳの文字。

＃84　街中

民子、私服の赤髪でギターを背負っている。
イケてないロックの友人。

民子「（ヘリの音に気付く）！」
空にヘリコプター。

民子「飛んだんだ」

友人「絶対、誰かがチクッたんだよ、ゲリラライブのこと」
　もう一人の友人が、手で大きくバツを作りながら走ってくる。
友人「中止だってッ！」
友人「えーっ、マジかよ。すげぇ楽しみにしてたのにぃ。（民子に）なぁ」
民子「うん」
　冴えなく歩き始める民子とロックの友人。
　民子だけ足を止めて空を見上げる。
　民子、口がへの字に曲がる。笑っているのだ。
民子「（握り拳を空に突き上げる）イエイッ！　愛し合ってるかいッ！」
　先に歩いていた友人達、民子を振り返る。
　民子、へへと友人達を追いかける。
　その背中のギターにとげとげしいハート。

＃85　鹿浜橋高校・屋上
　校庭を見下ろしている平太、Q10、藤丘。
Q10「ダレもたすけにこなかった」
平太「――」
Q10「ダレもたすけにこなかったデス」

平太「(やわらかく) わかってる、そんなこと」
Q10「――」
平太「わかってるんだよ、みんな」
　できれば、向かいの校舎の窓など、あり得ない場所から、
柳「おーい」
　柳、平太と藤丘に袋につめたパンを放り投げる。
藤丘「(受け取る)」
平太「(受け取る)」
柳「分け前、あんた達の分 (行く)」
　受け取ったあったかいパンを見つめる平太と藤丘。

＃86　下校道
　歩いている久保の後ろ姿。
　久保を見つける平太。
平太「(追う) 久保ッ!」
久保「(振り返る) おう」
　並んで歩く二人。
久保「今日の、笑えた」

平太「(笑う)」
久保「入院、決まった」
平太「いつ?」
久保「明日」
平太「明日かぁ」
久保「(ため息)またみんなに迷惑かけちゃうんだろうな」
平太「(立ち止まる)」
久保「(振り返る)」
平太「――覚えてる?　世界を滅亡させようと思った夜」
久保「(鉄塔を見る)」

#87　回想

夜道を走る小学生の平太と久保。
パジャマに何かを羽織って、ガチャガチャのカプセルを握りしめて、ただただ走る二人。

平太「(声)オレさ、全部自分のせいだと思っていた」

×　×　×

鉄塔の下にカプセルを埋める平太と久保。

平太「（声）病気になったこと。そのせいでトーチャンやカーチャンが、どんどん疲れてゆくこと。姉ちゃんの成績が下がったこと。全部自分のせいで、そのことがつらくて、背負いきれなくて、こんな世の中、なくなればいいと思った」

＃88　下校道

平太「本当は、オレ達のせいじゃなかったんだよ」
久保「（見る）」
平太「きっと――誰のせいでもないんだよ」
久保「――」
　　Q10がじっと花屋を見ている。
平太「あ」
久保「知り合い？」
Q10「（平太を見つけて、花屋を指さす）ショボイ、ハナヤ！」
平太「（あわててQ10の口を押さえて連れ去ろうとするが、Q10、はねのけて、店を見つけては叫ぶ）」
Q10「（豆腐屋を見つけて）エロイジイサンのトーフヤ！」
平太「声、でかいって」
Q10「（指さす）ハシッ！（指さす）タマゴサンドのうまいキッサロンドン！（指さし）

リッタイチュウシャジョウ！　フドウサンヤのハタ！　ハタ！　ハタ！　ゼンブ、オレタチのマチッ！」
平太「わかった。そうそう。オレ達の街だ」
久保「(立ちつくしている)」
平太「ゴメン、こいつ、ちょっとヘンなヤツでさ――」
店先にあるガチャガチャの機械をいじるQ10。
平太「それ、ガチャガチャ。お金入れるとおもちゃが出てくるの」
久保「え？　知らないんだ」
Q10にやり方を教える平太。
Q10「(カプセル出てくる)　オォ〜〜ッ！」
久保「やっぱり、人類が滅亡するのイヤだな」
平太「(見る)」
久保「オレが死んでも、この街はずっと続いてほしい」
平太「(出てきたカプセルをパカッと割ってやる)　今、オレもそう思った」
Q10「(中身を取り出して)　ウマれましたッ！」

＃89　鉄塔の下

土を掘り返している平太とQ10と久保。

ガチャガチャのカプセルが出てくる。
フタを開けて、紙を取り出すが水が入ってドロドロで原型をとどめていない。
平太「だめだな、こりゃ」
久保「これ、読めそうじゃない？（紙片をつまみ上げる）」
紙片を光にかざす。
『世界』と書かれた、ドロドロの紙。
久保「（Q10に渡す）ほら、生まれたよ」
Q10「（光にかざして読む）セカイ――（二人を見て）セカイがウマれました」

＃90　小川家・居間

夕食を食べている小川としげ。
しげ「何で名前、呼んであげないの？」
小川「学校の方針。責任取れないことはしたくないし」
しげ「ちっちゃいねぇ」
小川「どーせ、オレはちっちゃい男よ」
しげ「じゃあさ、『藤丘君、元気かな？』って、あんたが勝手に好きで呟いたことにすればどぉよ？」
小川「そんなことぉ――」

しげ「私ならやるね。年取ってから、アレしとけば良かったなんて後悔するのは、まっぴらごめん」
小川「もう充分、年寄りじゃん」

#91　夜道

歩いている平太とQ10。
Q10、カプセルを割ろうとしている。
ガムをかんでいる平太。

平太「何?」
Q10「クボクンにもらいました」
Q10、パカッと割ると紙が出てくる。
中にケータイの番号の書かれた紙。
平太「あいつ。油断も隙もねーな。何なんだよぉ(思わず、その紙で噛んでいたガムを包んで捨ててしまう)」
Q10「なぜステてしまったんですか?」
平太「え? あ、ゴメン――大丈夫。番号ならオレ知ってるから(ケータイを出す)」
Q10「ナンバーならメモリーがノコッてます。カミがヨカッた」
平太「ああ、紙がいいのか(何かの紙に書いてやる)」

Q10「(覗き込んで) ジがチガいます」
平太「え?」
Q10「クボクンのジでないとオナジではありません。なぜステたのですか?」
平太「あ――ゴメン」
Q10「(からっぽのカプセルをじっと見ている)」
平太「だから――ゴメンって」
　Q10、歩き出す。
平太「キュート!」
　どんどん歩いてゆくQ10。
平太「(モノローグ) その日からキュートは、一言もしゃべらなくなった」

#92　道
　朝。歩く、平太とQ10。
　やっぱりしゃべらないQ10。
平太「(モノローグ) ショックだった」

#93　鹿浜橋高校・教室
　出席を取る小川。

小川「久戸――久戸花恋」
　Q10、返事しない。
小川「（平太に）どうしたんだ？」
平太「オレに聞かないで下さい」
　口を結んで前を見ているQ10。
　小川、出席の続きを取る。
平太「（モノローグ）しゃべってもらえないことが、こんなにつらいなんて知らなかった」
小川「（ちょっと改まって）藤丘――藤丘誠《まこと》」
藤丘「！」
　皆、藤丘と小川を見る。
小川「元気か」
藤丘「（驚く）ハイ」
小川「あー、今のは、オレのちょっとした呟きだからな」
　教室の空気が緩む。
　出席の続きを取る小川。
　平太、むっつりしたQ10を見てため息が出る。

#94　理科準備室

　Q10の口の中を見ている柳。

柳「あちゃあ——こりゃしゃべれないわ。あのね、アンタは唾液が出ないんだから、ガムなんか噛んだら、歯がくっつくの。わかった？」

Q10「(頷く)」

　柳、Q10の口からガムをぴょ～んと取る。

#95　廊下

　落書きを消している藤丘とQ10。

　中尾、やって来て。

中尾「消しちゃうんだ。このマーク。こんなにカッコいいのに」

藤丘「！」

中尾「だってこれ藤丘の名前でしょ？」

藤丘「(誤魔化《ごまか》すように) あ、やば、オレ、バイトだ。(Q10に掃除道具を渡して) ゴメン、片づけといてくれる？　ごめん (バタバタ去ってゆく)」

Q10「(掃除道具を中尾に渡す)」

中尾「え？　オレ？」

　Q10、黙々と落書き消しの続きをする。

見よう見まねで、消す中尾。

中尾、Q10を盗み見すると、とても真剣な顔で消している、その横顔。

中尾「(ドギマギする)」

#96　道

夕方。

新聞配達をする藤丘。

校長の岸本がヤァと手を上げる。

藤丘、自転車を止める。

×　×　×

並んで歩いている。

藤丘「すみませんでした」

岸本「良かったよ。刺したのが椅子で――でないと、オレ達さ(想像して身震いする)」

藤丘「――オレ(配達があるので)」

岸本「お、――明日も学校、来いよ」

藤丘「はい」

藤丘、自転車に乗って走ってゆく。

帰ろうとする岸本に近づく何者かの視線。

岸本が振り返ると、目の前に写真が差し出される。
それはどう見てもQ10。

岸本「(凍る)」
岸本、写真持ったまま恐怖であわわわ、と逃げてゆく。

#97　病院・久保の病室

窓に掘り返した『世界』の紙片が貼りつけてある。
窓の向こうにはあふれる緑。
平太と久保。

平太「お前さ、キュートに電話番号渡しただろ?」
久保「え? (とぼける)」
平太「その紙、うっかりなくしたらしくてさ。もう一回、書いてくれるかな?」
久保「お前、番号知ってるじゃん。教えてやれば」
平太「いや、それがさ——お前が書いたヤツが欲しいンだって」
久保「え?　何それ」
平太「だからお前の字で書いたのがいいんだってさ」
平太「(モノローグ) 何だ、この感じ——」
平太「いいから書けよ」

久保「何だよ（嬉しそうに書いている）」
玩具のキーボードが置いてある。
平太、ラの音を叩く。

＃98　平太の回想
平太がQ10の奥歯を押すとファンと音が出る。

＃99　久保の病室
平太、振り返ると、番号を書いている久保。
平太「（モノローグ）そんなに嬉しそうにするなよ。アイツはロボットなんだぜ。人間じゃなくて単なる物なんだから。そんなに喜ぶと後で恥かくぜ――今すぐそう言ってやりたかった」
久保「（書いたのを渡す）ほい」
平太「（受け取る）おう」
平太「（モノローグ）何だろう、悪意がこみ上げてくる」
平太と久保、親しげにしゃべっている。
平太「（モノローグ）オレは、それがばれないように、歯を食いしばって作り笑いをした。くいしばった時、奥の方でスイッチが入るのがわかった」

平太の作り笑い。

＃100　小川家・洗面所

歯を磨いているQ10。

平太「（モノローグ）そんなものがあるなんて、誰も教えてくれなかったスイッチが
——入った」

Q10

第2話

＃1　小川家・居間

カーテンの隙間から射し込む朝の光。
Q10、丸くなって充電中。
枕元に『人魚姫』の本と、通学鞄がきちんと置かれている。
壁には、アイロンのかかった制服。

平太「（モノローグ）うちのクラスにロボットがやってきた」

＃2　二階

歯ブラシをくわえた小川、カーテンを開ける。
下では、男子生徒の中尾が店の中を窺っている。
小川の後ろからしげが覗く。

しげ「また来てるよ」
小川「え？（見る）中尾じゃん」
しげ「知ってる子？」
小川「うちのクラスよ」
しげ「昨日も来てた」
小川「うそッ」
中尾、こちらを見上げる。

小川としげ、あわてて隠れる。

小川「(怯えて)何で?」
しげ「あんた、恨まれてんじゃないの?」
小川「うそぉッ!」
しげ「金属バットは持ってないみたいだけど」
小川「やめてよ」
しげ「あーッ!」
小川「何?」
しげ「(顎で指す)キューちゃん、目当てじゃないの?」
小川「!(見る)」
しげ「(重々しく頷く)」

＃3 居間

Q10の充電ランプが目まぐるしく点滅する。
充電が終わったのか、目がカッと見開き、キュィ〜〜ンと上体が起き上がる。
首をカクッカクッと不自然に曲げる。

平太「(モノローグ)校長先生は絶対に秘密だと言うけれど」

#4　道

登校している平太とQ10。

平太「（モノローグ）そんなバカな話、誰にも言えるわけがない――同級生が、ロボットって」

Q10、首にボルトだろうか、ポッチリしたものが、覗いている。

平太、ポッチリがとても気になり、触りたくなる。

触ろうとすると、前にカメラを構えた影山。

平太「（びっくり）なッ、何だよ」

河合、歩いている。

平太「お前、あっち（河合）映せよ」

影山「あー、（河合を見る）あれな。（キッパリ）すまん。アレ気の迷いだった。（懐かしく）ハマッてたよな、オレ。でも、よく考えたら、そんなに好きな要素ないし」

平太「なんだ、それ」

影山「ってことで、オレ、今、フリーですわ（撮る）」

以下、影山のカメラの映像。

いつの間にか、中尾、Q10の側を歩いている。

影山「（声）また、今日も何ら変わることのない風景です」

赤髪の民子が、校門の前で無造作にカツラをかぶっていたりする。

＃5　鹿浜橋高校・廊下

歩いている平太。
横から小川の腕が伸びて、隅に引き寄せられる。

小川「ストーカーだよ、ストーカー！」
平太「は？」
小川「キュートに、まとわりついてるヤツがいるんだよ」
平太「まさかぁ」
小川「（顎で後ろを指す）」
平太「（振り返る）」
確かにQ10の後ろに不自然な距離で立つ中尾。
平太「中尾？」
小川「まずいって。このまま付きまとわれたら、ロボットだってバレちまうじゃないの」
平太「あいつオタクだし――女なんかに興味ないいんじゃないですか？」
小川「連日、うちに来てんだよ。何とかしろって」
平太「何とかって」

小川「中尾に諦めさせろ」
平太「え？　どうやって？」
小川「考えろよ」
平太「そんな」
小川「頼むぞ！（行きながら）頼んだぞ！」
平太「うそぉ」

＃6　教室

休み時間。

何やら書いている中尾。

パンを食べている平太、さりげなく見ている。

席を立つ中尾。

平太、椅子ごと中尾の席に近づいて、何やら書かれたノートを覗き見する。詩のようなものが書いてある。


平太「（モノローグ）だらだらした日常に、突然キラキラしたものがあらわれる」

平太、思わずQ10を見る。

規則正しく消しゴムを動かすQ10。

平太「えー？（中尾のノートに戻る）」

平太「（モノローグ）オレたちは、キラキラしたものをつかむのに、いつも必死で」

　女子達、雑誌を見て盛り上がっている。

平太「（モノローグ）もし、そいつを一瞬だけでも、つかまえることができたなら、また、どーでもいい教室に戻ってゆけるのに」

　戻ってくる中尾。

　平太、あわてて離れて、何げないふうを装う。

平太「（呟き）キラキラって――」

#7　病院・病室

　手術の前の久保。

　見舞いに来ている平太。

久保「キラキラ？」

平太「（ゲンナリ）なんか、オレ、きもいもん見ちゃったよ」

久保「そりゃ、恋だな」

平太「えーッ！（納得できない）でも、中尾なんだけどなぁ」

久保「（ぼそっと）オレも、一度、した方がよかったかな」

平太「（素っ頓狂な声）恋を？」

久保「いや、相手は誰でもいいんだけどさ、デートっていうか」

平太「デートって——」
久保「あるんだよ、レイ・ブラッドベリの小説に。夜に散歩する話。手つないで。それが生涯に一度の夜になるっていう」
平太「えーッ、生涯に一度のデートが夜の散歩？（考える）ありえね」
久保「じゃ、お前なら、何？」
平太「オレ？——オレは、フツーがいいよ」
久保「フツーって？」
平太「だから、一緒に映画観てぇ、二人して涙出るほど笑ってぇ——（想像する）」

＃8 平太のイメージ

なぜか映画館の平太と一緒なのは、Ｑ10。
ゲラゲラ笑っている平太の横に、ピクリとも笑わないＱ10。

＃9 病室

平太「（首をかしげる。どう考えても生涯に一度のデートとは言えない）」
久保「やっときゃよかったなぁ」
平太「（見る）」
久保「夜の散歩。手術が失敗してもさ、それなら、まっいいかって思えるし」

平太「その程度なのかよ」
久保「この世に引き止めるものなんて、その程度なんだよ」

＃10　廊下

ストレッチャーに載せられた久保、手術室へ運ばれてゆく。
久保、ガチャガチャのカプセルを握っている。
中に『世界』と書かれた紙切れ。
見送る平太。

平太「大丈夫。できるよ、夜の散歩」
久保、カプセルを平太に投げて寄越す。
久保「じゃあ、戻ったら、振ってみせる」
平太「(受け取って、ダブルデートな)」
久保、行ってしまう。
平太「(苦笑) ダブルデートって——」

＃11　夜道

歩く平太。
平太「オレを、この世に引き止めるもの——」

足を止める平太。

ケーキ屋にケーキが並んでいる。

カップルが手をつないで選んでいる。

肩を叩いて、笑い合う二人。

平太、それをじっと見て。

＃12　平太のイメージ
映画館で、お腹《なか》がよじれるほど笑って涙を流している平太とQ10。

＃13　夜道
暗い中、こぼれるばかりの光の中に並ぶケーキ。

その前で晴れやかに笑うカップル。

平太、見ている。

平太「（モノローグ）オレたちは、キラキラしたものをつかむのに、いつも必死で――」

＃14　回想
中尾の机の上に開いたノート。
下手くそな字で書かれた詩のようなもの。

平太「(モノローグ)もし、そいつを一瞬だけでも、つかまえることができたなら」

＃15　夜道

ケーキ屋の前の暗い夜道にぽつんと立つ平太。

平太「(モノローグ)また、どーでもいい教室に戻ってゆけるのに」

平太の手に、久保からもらったカプセル。

平太「そっか――ナカオ、恋してるのか」

タイトル『Q10』

＃16　鹿浜橋高校・廊下

朝。

平太とQ10と影山、登校してくる。

見かけない清純そうな女の子が追い抜いてゆく。

影山「(目で追う)誰?　知ってる?　誰?　誰?　(撮る)」

平太「(も、見る)」

＃17　フラッシュ

校門前の赤い髪の、山本民子。

平太「（びっくり）山本?」

影山「（そんなバカなと笑って）山本って――（気になって追いかけ確認する）山本だしッ!」

＃18　廊下

民子、影山を無視して歩いてゆく。

平太「山本なんだぁ――」

Q10「（立ち止まって何やら拾う。拾ってジッと見ている）」

平太「（も見て）ん? ああ、ピック。多分、山本のだよ。あいつギターやってるから」

Q10「（ピックを光にかざして）これは、ウロコです」

平太「ウロコ?」

Q10「（コクン）」

平太「ウロコって、何の?」

Q10「ニンギョヒメ」

平太「人魚姫? （民子を見て）あいつが?」

清純そのものに変身した民子の後ろ姿。

#19　教室

民子が入ってきて、生徒たち、一瞬、しーんとなる。
が、すぐにその変身ぶりに驚き、遠巻きに噂する生徒たち。
入ってきたQ10、まっすぐ民子に近づいてゆく。
平太、遅れて教室に入ってくる。

平太「(いつもと違う教室の雰囲気に)？」
民子「(Q10を見る)」
Q10「ニンゲンのオトコのヒトにコイにオチたのデスカ？」
民子「！」
平太「！」
生徒たち、大胆なQ10の質問に息を呑んで見守る。
民子「――」
Q10「オトコのヒトにあうために――」
平太、Q10をはがいじめにして連れてゆく。
平太「小川先生がすぐ来いって(民子に)ごめんね」
Q10「(連れてゆかれながら)ひきかえに、コエをうしなったのですか？」
連れてゆかれるQ10。

民子「――」

#20　屋上

平太とQ10。

平太「山本は人魚姫じゃありません。人間です。ずっと人間だったし、これからも人間。わかった?」

Q10「(ピックを見せる)でもウロコが――」

平太「だから、それはピックだって。ギターを弾く道具。プラスチックでできてるの」

Q10「(見る)プラスチック――」

平太「そう。ちゃんと返しておけよ、それ」

Q10「ニンギョヒメは――」

平太「そんなもん、世界中探したって、どこにもいねーよ。作り話。全くのウソ」

Q10「でも、ホンに――」

平太「本はウソも書いてるの」

Q10「ニンギョヒメはウソ――」

平太「そう、ウソ、全くのデタラメ――わかった?」

Q10「ナンのタメに?」

平太「へ?」

Q10「なんのタメにウソをかくのですか？」
平太「(うんざり) しらねーよ。(立ち上がる) もう、絶対に山本のこと、人魚姫とか言うんじゃないぞ。わかったな (屋上から出てゆく)」
　残されるQ10。
Q10「(ピックを見る)」

#21　理科準備室
　昼食の焼きそばを作っている藤丘。
　柳、その横にQ10。
柳「うん？ 人魚姫？ 知ってるよ (料理がやってくる) おー、うまげ」
　藤丘と柳、食べている。もちろんQ10は食べない。
Q10「ウミでしかいきられないのに、リクにきた。とてもムボウだとおもいます」
柳「確かに。バカだよねぇ。たぶん、海を出て暮らすのは無理があるって、彼女もわかってたと思うよ」
Q10「――」
柳「でもね、ハマッちゃったのよ、人間の男に」
Q10「ハマる――」
柳「食べることも寝ることも忘れるぐらい好きになること」

Q10「それは、ワルいことですか」
柳「フツーの生活を送れなくなるからなぁ」
藤丘「でも、そんなことでもないと、やってられないんじゃないかな」
柳とQ10、藤丘を見る。
藤丘「そーゆーことがあるから、明日も生きてゆこうって、思うんじゃないかな（食べる）」
柳「（わかってるじゃん、という感じで藤丘をつつく）」
Q10「――」

＃22　焼却炉
名刺を焼いている校長の岸本。

その側にQ10。

岸本「ハマッてること？（考えて）あえて言うなら仕事かなぁ、教育という現場が、とてつもなく好きなわけよ、オレという人間は」

名刺はよく見ると、キャバクラの名刺。

手書きのメッセージが書いてあったりするのを、一枚一枚惜しむように投げ入れている。

岸本「（呟き）レナちゃんかぁ、いい子だったよなぁ（投げ入れては、成仏して下さいというように拝む)」
Q10「コウチョウセンセイは、シゴトにハマッてる」
岸本「ま、そういうことかな(一枚一枚、投げ入れている)」
Q10「センセイは、シゴトにもどってください」
Q10、校長の持っている名刺を奪い取って、バッサリと投げ入れてしまう。
岸本「あ〜〜ッ!」
Q10「すててはいけなかったのですか?」
岸本「いや、捨てるんだけどさぁ(恨めしい)一人一人、お別れしたかったのにぃ〜〜ッ」

#23　道
物陰に隠れている平太とQ10。
Q10「ヘイタは、いまハマッているのですか?」
中尾がやってくる。
平太「ん?(中尾を見つけて、生返事)おん」
中尾、目の前を通り過ぎてゆく。
Q10「ナカオくんにハマッているのですか」
平太「(生返事)おお——オレ、あいつに用があるから、お前一人で帰ってくれる?」

Q10「（コクン）ぱふ」

中尾を尾行する平太。

Q10「――ヘイタはナカオくんにハマッている」

Q10の前を私服の民子が横切ってゆく。

Q10「（ピックを取り出して見る）」

Q10、民子の後についてゆく。

＃24 別の道

中尾を追っている平太。

中尾、イケてないカオル美容室に入ってしまう。

平太「えー（外から様子を見ている。が、思い切って中に入ってゆく）」

＃25 カオル美容室

エプロンを着けて、並んでいる平太と漫画を読んでいる中尾。

平太「（気まずい）」

中尾「（も気まずい）」

平太「偶然だね、お前もここなんだ」

中尾「（目を上げて、頷く）」

平太「――何、読んでるの？」
中尾「（漫画を渡す）」
平太「（パラパラ見る）面白い？――ん？　これ、誰かに似てるよなぁ」
中尾「！（漫画ひったくって、エプロンを着けたまま飛び出してゆく）」
平太「なッ！」
　平太も追おうとするが、屈強な美容師カオルにはがいじめにされる。
平太「ちょ、ちょっとぉ～～何で逃げンだよぉ」

＃26　鹿浜橋高校・理科準備室

　干し野菜を作っている柳、それを手伝っている小川。
小川「女の人って、なに言われたら嬉しいんだろ。（柳に）なにかないですかね、一発で決まるみたいな」
柳「（考えて）お前の家賃はオレが払う」
小川「そんなこと？（言えるわけないじゃん）」
柳「あとは――」
小川「はい（期待）」
柳「お前の健康保険もオレが払う」
小川「いやいやいや（聞くんじゃなかった）え～～ッ？」

＃27　本屋

派手な髪形になった平太、中尾が持っていた漫画を見ている。
ビニールに入って中身が見えないので、横から無理やり覗いたりしている。
平太「キュートに似てるんだ、これ――そっか、それでかぁ」
ふと、顔を上げると河合がジッと平太を見ている。
平太「おぅ」
河合は恐れるように後ずさりしてゆく。
平太「なに？」
「きゃッ！」となって、ダーッと逃げてゆく河合。
平太「何なの？　ねぇ、何なんだよぉッ！」

＃28　ライブハウス

地元で人気のロックバンド『スローポリス』の演奏。
ボーカルのチャカ。客席はウケにウケている。
客席の中に、清純な私服の民子。
Q10、首を回して観察している。

＃29　外

チャカにぶら下がるように、出てくる民子。
民子のロックの友人達、遠くで見ている。
友人「(冷たく) 何だろう、あれ」
友人「もういいじゃん。帰ろ」
Q10、ぽつんと立っている。

＃30　深井家・リビング

帰ってくる平太。
千秋、ソファにぐうたら寝ている。
平太「ただいまぁ」
千秋「ん――(平太を見て、飛び起きる。指さして) あーッ！　あーッ！　あーーッ！」
平太「(怯える) 何？　何なの？」
バタバタと別の部屋へ行って、母のほなみを連れてやってくる。
ほなみ「(連れて来られて不本意) なによぉッ」
千秋に指さされた平太を見て、ほなみ、驚愕。
ほなみ「(指さす) うわッ！　うわッ！　うわッ！」
千秋「(も指さす) ねッ！　ねッ！　ねッ！」

ほなみ「(指さす) うわッ! うわッ! うわッ!」
ほなみと千秋に、隅に追い詰められる平太。
× × ×
ほなみと千秋に、無理やりDVDを観せられている平太。
アイドルユニット『18 (オハコ)』のライブ。
ハジメとヤスの男子アイドル。
ハジメは、髪形を変えた平太によく似ている。
ほなみ「なんで今まで気づかなかったんだろう」
千秋「弟がハジメだったとは――」
平太「(うんざり)」
千秋「これッ、ここんとこ、ちょっとアンタ、やって」
平太「えーッ」
ほなみ「いいじゃない、ちょっとだけ――(振りをして見せる) ここんとこ (キメのポーズ)」
平太「えーッ (と言いつつ、振りをしてキメのポーズ)」
千秋とほなみ、「うわ〜〜ッ!」とぶっ倒れて悶絶。
平太「なんなんだよぉ――」
二人、すっくと起き上がって。

千秋「もう一回ッ！」
平太「もう、いいよ」
ほなみ「(怖い顔)やりなさいッ！」
平太「もう(髪形を崩そうとする)」
ほなみ「ちょっとぉッ！　あんた、何する気ッ！」
千秋「誰の頭だと思ってんのよッ！」
平太「オレのだろ」
千秋「うるさいッ！　勝手なことすんじゃないわよぉッ！」
　ほなみと千秋、平太をはがいじめにして、髪形を死守する。
　本気の二人に、平太、勝ち目なく。
平太「判りましたッ！　このままにしますッ！　このままにしますからッ！」

＃31　夜道

　チャカと民子「じゃあ」と二人別れる。
　一人、歩いている民子。
　気づくと数人の女の子に囲まれている。
　『スローポリス』の熱狂的なファン達である。
女の子「ブスのくせしてさ、チャカが本気で相手してると思ってんの？」

「バッカじゃないの」「調子こいてんじゃねーよ」等と言いながら、民子にケリを入れる。

体を丸めて、けられっぱなしの民子。

けられながら顔を上げると、道の向こうでこちらを見ているチャカが目に入る。

チャカ、そのまま背を向けて行ってしまう。

民子「！」

民子、背中をけられて激痛が走る。

何かが、民子の背中にかぶさる。

Q10が民子の背中におおいかぶさって、代わりにけられている。

女の子「何なんだよ、お前ッ！」

Q10、肩に置かれた手をつかむ。

女の子「イタタタタ。何すんだよぉ。放せよッ！」

Q10、放して、ゆっくり立ち上がる。

怯える女の子達。

その女の子達の目の前に、白いハンカチを突き出す。

Q10「(みんなを見回して、どこか偉そうに一人一人にハンカチを見せつけながら）コウサンです。コウサンです。コウサンです。シロハタはコウサンです」

女の子「何なんだよ、コイツ」

Q10「コウサンしたニンゲンにキガイをあたえないのがルールです。（女の子達に執拗に）コウサンですッ！」

「きもいんだよぉッ！」と女の子達、逃げてゆく。

Q10「（誇らしげに、ハンカチを突き上げ叫ぶ）コウサンですッ！」

民子、丸くなっている。

Q10「（見る）」

隣に座るQ10。

Q10「イタイのですか？」
民子「――そうじゃなくて」
Q10「――」
民子「――死んでしまえ、って思った」
Q10「――」
民子「――マジで死んでしまえばいいって」
Q10「――」
民子「（死ねと思った自分に傷ついている）」
Q10「――（ピックを差し出す）」
民子「（顔を上げる）」
Q10「ここは生きてゆけるバショですか？」

民子「――」
Q10「――」
民子「（ピックを受け取り、握りしめる）」

＃32　道

朝。

登校中の中尾。

中尾の前を平太とQ10が歩いている。

平太、Q10に鞄を持ってもらって、髪形をガーッと崩している。

平太、Q10に「どう？」と聞いたりしている。

Q10から鞄を返してもらう。

それらの様子を後ろからじっと見ている中尾。

＃33　鹿浜橋高校・トイレ

平太、鏡を見て、髪をいじっている。

平太「やっぱ、中尾には、はっきり言った方がいいよな」

ちょっと強面《こわもて》のポーズで。

平太「（すごんで）オレの女に手を出すんじゃねーよ。（と言って自分で照れる）オレの女って――」

入口で、じっと見ている中尾。

平太「(ものすごく驚く)！」

#34 屋上

平太と中尾。

平太「キュートのことだけど――(言いよどむ)」

中尾「――」

平太「あの、どういう気持ちっていうか、その――」

中尾「(声高い)初恋ですが、それが何か」

平太「！」

中尾「(と言ってしまって煮詰まる)」

平太「あー、そうなんだぁ」

中尾「でも、深井の彼女なんだよね」

平太「え？　うん、まぁ」

中尾「(ガックリ)やっぱり」

平太「だから、つきまとうのは――」

中尾「わかった。やめます」

平太「え？　いや（拍子抜け）いいの？」
中尾「（うん）元々、久戸さんが好きってわけじゃないし」
平太「へ？」
中尾「（生徒手帳にはさんだ漫画の主人公を見せる）こっちが好きだったわけだから」
平太「ああ、そっちね」
中尾「（うん）」
平太「（ふと）もし、デートとかできたりなんかしたら、生涯に一度の思い出になったりするのかなぁ」
中尾「（顔を上げる）」
平太「いや、デートって、散歩するぐらいの話なんだけどさ」
中尾「（コーフン）もし、ルナちゃんと散歩できるんなら」
平太「ルナちゃん？」
中尾「（ルナちゃんとおぼしき、中尾が作った布の人形を見せる）」
平太「ああ、ルナちゃん」
中尾「三千万円払ってもいいです」
平太「三千万ッ！　持ってるの？」
中尾「高校生が持ってるわけないでしょう」
平太「でも、三千万――」

中尾「だから、ローンですよ。サラリーマンになってからコツコツ返すんです」
平太「(心底) お前、すげぇなぁ」
中尾「(恥ずかしい) 何がです」
平太「いやだって、散歩するだけで――」
中尾「(思い詰めて) 何なら四千万円でも――」
平太「わかった。わかったから――じゃあさ、最後の思い出にデートしとく?」
中尾「(固まる)」
平太「それで、今後つきまとうの一切なしということで」
中尾「(鼻血がツーと落ちる)」
平太「!」
中尾「(ルナちゃん人形を押しつける)」
平太「え? 何?」
中尾「お礼したいけど、何もないから」
平太「え? いいよ、そんな大事なもの――」
中尾「(高い声) 深井にはわかんないかもしれないけど (普通の声に戻る) それぐらいの価値、あるんだってッ!」
　中尾、深く頭を下げて、あたふたと戻ってゆく。
　平太とルナちゃん人形だけ、残されて。

#35　廊下

ルナちゃん人形をクルクル回しながら歩いている平太の前に、突然飛び出してくる河合。

平太「！」

河合「あの――昨日の髪形、もうしないのかな？」

平太「（やや間があって）あーっ！　もしかして、お前も？　ハジメとかいうヤツの？」

河合「（あわてる）深井君、声でかい」

平太「もう、オレ、アレ一生やんないから」

河合「えーッ！　あと一回だけ！　お願い。一緒にプリクラ撮ってくれたら何でもするから」

平太「ムリムリ、絶対に無理！（行く）」

平太、手にルナちゃん人形。

振り返ると、河合が犬のようにすがる目つきで平太を見ている。

平太「（もうッ！）」

#36　プリクラ・中

ハジメの髪形の平太と河合、ポーズを取ってプリクラを撮っている。

＃37　外

カーテンの下から平太の靴と鞄が見える。
影山やってきて、「あ、平太だ」と気づく。

影山「なんだよぉ、平太のヤツ、女子とプリクラかよ」
影山、平太が出てくるのをカメラで撮ろうと構えている。
出てくる平太と河合。

影山「(思わず、カメラから顔を上げる)」

平太・河合「！」

＃38　ファストフード店

平太と影山、飲み物を飲んでいる。

平太「オレが、オハコっていうアイドルに似てるらしくって、それで一緒にプリクラ撮ってくれって言われただけだから。それだけの話だから」

影山「──いいよ、そんなに必死に言わなくても」

平太「でも、誤解してるだろ？　ほら、絶対に誤解してる」

影山「だから言ったじゃん。河合のことは別に何とも思ってないし──」
影山、ストローと間違えてボールペンでジュースを飲む。

平太「！」
影山「（あわてて）いや、ほんとに何とも思ってないからね、オレ」

＃39　レストラン・外

小川と若い女性が出てくる。

女性「今日は楽しかったです」
小川「あの――」
女性「（無邪気に）はい？」
小川「（ものすごく勇気を振り絞って）よかったら、ケータイのアドレスを（後はゴニョゴニョ）」
女性「あ、いいですよ（ケータイ出してくる）」
小川「（も慌てて出す）オレ、やり方よくわからなくて」
女性「私、やりましょうか（小川のケータイを取る）」

小川のケータイの待受画面は、電柱。

女性「（見て）何で電柱？」
小川「あ、いや――好きなんですよねぇ、電柱」
女性「（理解できない）あー、そーなんだ（何か気持ち悪くてアドレス交換せずにケータイを返す）」

小川「あ、いや、そんなに好きってわけじゃないですよ。鳥居型とかが、ちょっといいな、と思う程度で」
女性（硬直した笑顔）あー、そーなんだぁ。今日は、本当にごちそうさまでした」
小川「あ、そうだ、これから軽く飲みに——」
女性「今日はちょっと（後ずさりつつ）」
小川「いや、そんなこと言わずに」
女性「いえ、本当に」
小川「（てんぱって）お前の家賃はオレが払うからッ！」
女性「はぁ？」
小川「お前の健康保険もオレが払うッ！」
女性「（顔、引きつる）」
女性、全力疾走でピューッと逃げてゆく。
小川「あ、ちがうッ！　違うんですッ！（追うが無理）あ〜〜ッ！（崩れ落ちる）」

＃40　公園

夜。
私服の河合と影山。

河合「ごめんね、こんな時間に呼び出して」

影山「あれだろ？　平太と、プリクラ行ったことだろ？　大丈夫だから。オレ、誰にも言わないし」
河合「そーじゃなくて――」
影山「違うの？」
河合「私がアイドルが好きなこと、絶対にみんなに言わないでほしくて――アイドルおたくって知られたら、みんな引くと思うし」
影山「――」
河合「影山君には判らないと思うけど。けっこう切実なんだ」
影山「わかるよ」
河合「（見る）」
影山「オレも同じだから。オレも、好きなヤツいるんだけど、みんなに知られると絶対に引かれるのわかってるから、誰にも本当のこと言えなくてさ」
河合「影山君って見かけによらず――けなげだね」
影山「え――そうなのかな」
河合「あッ！　もしかして、好きなヤツって」
影山「（ドッキリ）え？」
河合「私と同じハジメだったりして？」
影山「あッ、いや、そっちじゃなくて――」

河合「あッ、じゃあ、ヤスの方なんだ。よかったぁ担当違って」
影山「え、あ、いやぁ（違うんだけど）」
河合「一瞬、かぶってるのかと思った」
影山「（お愛想笑い）あー、じゃないじゃない」
河合「（突然、饒舌《じょうぜつ》）じゃあさ、ヤスの家のこと知ってるよね？　ヤス一人が、すんごいガンバッたのにさ、結局、家族全員バラバラになっちゃってさ。私、この一連のヤスのガンバリ話読んだ夜、泣けた。っていうか号泣？」
影山「（わからないけど合わせて）あ、オレも——ちょっと泣けた」
河合「泣くよね——ヤスってテレビじゃボケ担当だけど、本当は、いっぱい悔しい思いしてんだよ。（影山の膝の上に手を置いて）だからさ、私達だけでも本当のこと知ってあげてないとさ、むくわれないじゃん？」
影山「（膝に意識が集中）おん、そりゃそーだよな」
河合「——（突然黙ってしまう）」
影山「どーしたの？」
河合「こんな話、ネット以外でしたことなかったから。そもそもできると思ってなかったし」
影山「ああ」
河合「——奇跡ってあるんだね」

影山「ははは、あるよなぁ、キセキ（と言いつつ膝の手が気になってしかたない）」

＃41　小川自転車店

夜。
店先。
平太とQ10。

平太「中尾とデートしてくんないかな」
Q10「ナゼですか？」
平太「ん——中尾が喜ぶ？」
Q10「（コクン）ぱふ」
平太「え？　いいの？」
Q10「（見る）ヘイタはナカオくんがスキ」
平太「（びっくり）え？　なんで？」
Q10「ヘイタはナカオくんにハマッてる」
平太「いや、だから、それは違うって」
Q10「ちがう？」
平太「なんで、オレが中尾なんかを——」
Q10「では、なぜナカオくんをよろこばせたいのですか？」

平太「それは――」
Q10「(見ている)」
平太「だから、色々あるんだよ。一口では、説明できないこととか」
Q10「ヘイタはナカオくんをよろこばせたい」
平太「まぁ、それはそうなんだけど」
Q10「ナカオくんのことがスキ」
平太「だからそれは――もう、わかったよぉ、何だっていいよ。じゃあ、そういうことにしとけば」
Q10「ヘイタはナカオくんをよろこばせたい」
平太「もう、いいって言ってるだろ」
Q10「ヘイタはナカオくんにハマッてる」
平太「(うんざり)」
Q10「ヘイタはナカオくんがスキ」
平太「(もう、イヤ)」

#42　深井家・平太の部屋

武広「(声)おーい(入ってくる)オレ、風呂入るぞ」
　平太、ぐったり眠っている。

武広「（つまんない）寝てるのかぁ」
出てゆこうとして、カレンダーに、赤字でデートと書き込んであるのを見つける。
武広「いいなぁ、デート」

＃43　小川自転車店・二階
Q10、しげと一緒にてるてる坊主をつくっている。

＃44　鹿浜橋高校・廊下
中尾、平太に何やら紙袋を渡してダッと逃げてゆく。
平太、包みを開けると、ルナちゃんの衣装。
平太「（えーッ！　周囲の目を気にして、あわてて隠す）」

＃45　街
夕暮れ。
硬直して立っている中尾。
ルナちゃんになったQ10、やってくる。
中尾、ぎこちなく挨拶する。

物陰で、カメラを構えている平太。

＃46　夕陽が見える丘

中尾とQ10の二人、並んで座っている。
離れた場所で、それをカメラで撮っている平太。
中尾とQ10、顔を見合わせる。

平太「！（カメラから顔を上げる）――」
「おッ」という声に平太が振り返ると、お洒落した柳が立っている。
柳「なに？　キュート、デートしてんの？　何で教えてくれなかったのよぉ（平太のカメラを覗く）」
平太「（柳の恰好を見て）もしかして、デートとか？」
柳「ん？　ああ私？　合コン」
平太「ああ（するんだ、合コン）」
柳「（カメラを見ている）」
平太「（言うことなくて）意中の人、いました？」
柳「イチューのヒトだってェ」
平太「じゃあ、なんて言うんですか――良さそうな人？」
柳「良さそうな人？　ダメだよ、それじゃあ」

平太「お似合いの人?」
柳「あのさ、恋は革命ですよ。自分の中の常識が全部ひっくり返ってしまうようなものなの。良さそうな人とかお似合いの人とかじゃ、永遠にひっくり返らんでしょうーが」
平太「はぁ」
柳「つまり、そんな程度のヤツとは恋は始まらんってことよ(カメラを返す)」
平太「(受け取る) なるほど」
柳「それ、撮ったヤツ、ちょうだいね。キュートの行動、チェックしたいから。(腰を上げて) じゃッ!」
平太「あの――」
柳「ん?」
平太「もし、恋に落ちて、常識がひっくり返ってしまったら、その後、どーなってしまうんですか?」
柳「――違う自分がいる」
平太「――」
柳「それが恋だよ (バイバイと去ってゆく)」
　平太、Q10と中尾を見る。
　中尾が笑っている。

平太「！（助けを求めるように柳の方を振り返る）」
　バッグをブンブン振り回しながら帰ってゆく柳の後ろ姿。

＃47　夜の道
　歩いている中尾とQ10。
Q10「ナカオくんは、アシタも生きてゆこうとオモいますか？」
中尾「――思います。たぶん、明後日も、明々後日も、その次の日もずっと、そう思う。（思い切ってQ10の手を取る）約束する」
Q10「ヤクソクです」
　夜の道を中尾とQ10、手をつないで歩いている。
　その後をついてゆく平太。

＃48　公園
　Q10、離れたところに座っている。
　平太と中尾。
平太「（カメラ見せて）これ、焼いて、後で渡すから」
中尾「ありがとう。一生の宝物にする」
平太「本当に、これで気がすんだのかな」

中尾「十分だよ」
平太「(見る)」
中尾「しょーもないサラリーマンのオッサンになっても、これさえあれば、オレ、生きてゆけると思うし」
平太「――本当に、それでいいのか?」
中尾「だって、しかたないじゃない」
平太「――」
中尾「(晴々と) しかたないよ。好きになったのが、二次元の人なんだからさ」
平太「――」

#49 突堤

海を見ている民子とチャカ。
チャカ、民子を引き寄せようとすると、民子、突き放す。
チャカ「!」
民子「チャカが好きなの、私じゃないよね」
チャカ「――」
民子「白いワンピースとか、細いヒールの靴とか、肩んとこでクリンとした髪の毛とか、ちっちゃくてかわいいバッグとか――」

チャカ「(笑って)何、言ってるの?」
民子「私、実は人間じゃないんだ」
チャカ「え?」
　民子、いきなり海に飛び込む。
チャカ「!」
民子「(泳ぎながら)わたし、人魚姫だったのッ!　わたし、無理してたの。チャカ、
　こっちに来れる?」
チャカ「(見ているだけ)」
民子「来れないよね。だって、生きてる場所が違うんだもんね(と言って沈む)」
チャカ「!」
　でも、チャカ、飛び込まない。人も呼ばない。
　後ずさりして逃げてゆく。
　×　×　×
　海から上がってくる民子。
　サンダルやら、上着やら、身を飾っていたものをごみ箱に打ち捨てる。
　ポケットから何やら小さな物を見つける。
　握った手を開くとピック。
民子「――私が生きてゆける場所」

ピックを握りしめる。

＃50　夜の道

歩いている平太とQ10。
カメラ、いじっている。

Q10「ヘイタは、ナカオくんにハマッてる」
平太「だから――違うって言ってるだろ」
Q10「ヘイタは、ナカオくんをよろこばせたい」
平太「あのな――」
Q10「キュート、ネムくなりました」
平太「え？　うそぉ、あと、もうちょっとだからさ」
Q10、ガクンッと道端に座り込んでしまう。
平太「ウソだろう？　こんなところで」
しかたなく、隣に座る。
エネルギー切れのQ10、笑っているように見える。
平太「(ため息) 何でオレが中尾なんかにハマらなきゃなんないんだよぉ。オレが中尾を喜ばせたかったのは――アイツは、オレより偉いと思ったからだよ」
Q10「――」

平太「堂々と人間じゃないものが好きだって言えるアイツがさ。オレは、たぶん、アイツより臆病だ」

Q10「――」

平太「オレだったら、そんなこと人に言えないし、そんなものが好きだなんて、自分で認めてしまうのも怖いと思う」

平太、Q10を見ると笑顔のまま涙を流している。

平太「！」

平太の頬にも水滴が落ちる。

平太「（見上げる）なんだ、雨か（笑えてくる）オレ、一瞬、涙だと思ったよ。バカだよなぁ、そんなことありえねーッつーの」

平太とQ10、二人で涙を流しながら笑っているように見える。

雨がQ10をどんどん濡らしてゆく。

あわててQ10を拭く平太。

平太、濡れないようQ10にビニール袋を被せて、それが取れないように何かで縛る。

Q10が物であるという現実に戻って、少し寂しい気持ちになるが、テキパキとけなげに作業する平太。

×　×　×

小雨の中、平太、ビニールを被せたQ10を背負って歩いている。

＃51　小川自転車店・外

二階に吊り下げられたてるてる坊主が濡れている。

＃52　居間

Q10、丸くなって充電の電源が入れられている。
しげ、濡れた体を拭いてやっている。

＃53　小川の部屋

タオルで体を拭いている平太。
小川、平太に着替えを貸してやる。

平太「中尾、もうつきまとわないって言ってますから」
小川「そうか、すまんかったな」
電信柱の写真が貼ってあるのを、平太、じっと見ている。
平太「電柱好きなんですか？」
小川「あ（写真、はがそうとする）なんだよ、笑ってるのか？」
平太「いや、ちょっと感動しちゃって」

小川「何がぁ」
平太「オレは鉄塔が好きなんです」
小川「え？　あっ、そーなの」
平太「笑われると思うから誰にも言えないけど」
小川「わかるわかる。オレもそう。絶対、人に言えない。わかってもらえないもんなぁ、
　こういうの」
平太「いいのかな」
小川「ん？」
平太「そんなもんが好きでも」

＃54　平太のイメージ

平太「(モノローグ)いいのかな、ロボットが好きでも」
　丸くなっている充電中のQ10。

＃55　小川の部屋

小川「(平太の肩をどやしつける)何言ってんだよぉッ！　いいに決まってるだろッ！」
平太「――」
小川「人間、何を好きになってもいいんだよッ！」

平太「(顔がゆるむ)」

＃56　深井家・台所

小川のジャージを借りて帰ってくる平太。
ゴソゴソと父の武広がゴミをあさっている。

平太「何やってんの?」
武広「うわッ!(腰を抜かす)いや、別に(隠す)」
平太「何か探し物? なに探してんの?」
武広「いや、だから――箸袋っていうか」
平太「箸袋? (も探す)何か大事なことメモしてたの?」
武広「いや、昔の、記念というか」
平太「ふーん、何の記念?」
武広「初任給で行ったんだよ、女の人と」
平太「って、デート?」
武広「まぁ、そうだな」
平太「かあちゃんと?」
武広「(小声)別のヒト」
平太「ああ」

武広「ないか――ないなぁ。今まで捨てずにとってきたというのに、この期におよんで、捨てられてしまうとは」
平太「今も忘れられないんだ、そんな昔なのに」
武広「いや、その人のことが今でも好きとか、そういうことじゃないよ。あの時の気持ちをとっておきたいのよ。女の子に正体ばれないかビクビクして、でも怖いもんなんか何もなくて、何も持ってなくても全然平気で――」
平太「ふーん」
武広「あった！」
武広、箸袋を見つける。
武広「あった！　あった！（平太に見せる）」
一万円札を見つけたように喜んでいるが、どこにでもある普通の箸袋。
それを見ている平太。
平太「（モノローグ）久保の言う通り、この世に引き止めるものなんて、ささやかなものかもしれない」

＃57　病院・病室

手術の終わった久保。
まだ何本か管がついている。

平太、写真を見せる。
平太「はい、夜の散歩」
中尾とQ10のデート写真を久保の顔にすげかえた合成写真。
久保「(苦しく笑う。何やら書く)」
『笑うと苦しい』
平太、もっとヘンな写真を見せる。
ヒーヒー笑っている久保。

#58　富士野家・外

平太「(モノローグ)オレ達は、キラキラしたものをつかむのに、いつも必死で——」
自転車で夕刊を配っている藤丘。
ふと見上げると、窓辺に美少女が座っている。
ひきこもりの富士野《ふじの》月子《つきこ》である。
思わず見とれる藤丘。

#59　鹿浜橋高校・廊下

影山、雑誌に夢中。
平太「あれ、お前、カメラは?」

影山「いや、それどころじゃなくてさ」
　影山、アイドルの雑誌を読んでいる。
平太「アイドルって、奥が深いよなぁ」
影山「はぁ？」
　影山、ブツブツ言いながら行ってしまう。

＃60　スタジオ

平太「（モノローグ）もし、そいつを一瞬だけでもつかまえることができたなら」
　民子、元の赤髪でロックの友人達と、ノリノリで歌っている。

＃61　鹿浜橋高校・教室

平太「（モノローグ）また、どうでもいい教室に戻ってゆけるのに」
　ＨＲの時間。
小川「来週、休んでた富士野が登校するかもしれないということですので、机、ちゃんと片づけるように」
　確かに富士野の机、物置き場になっている。
伊坂「富士野って、どんなヤツ？」
津村「知らない。新学期から休んでるんでしょ？」

藤丘「――」

＃62　富士野家・外観

＃63　月子の部屋・外

ドアの前、月子の母と小川。

月子の母「ツキちゃん、小川先生、来られてるわよ。ツキちゃん！（ドアを叩く）」

小川「いや、いいです、いいです。（ドアに向かって）富士野！　無理しない程度に、がんばっていこうな」

＃64　中

月子の母「（声）ツキちゃん、聞いてるの？」

小川「（声）お母さん、あんまりヒステリックにならない方が」

藤丘の見た美少女が、アルバムを見ている。

よく見ると、全てQ10の写真。

アルバムを閉じる。

＃65　外

いきなりドアが開いて月子が出てくる。

小川「！」

月子「（頭を下げる）」

小川「おう、出てくるのはいつでもいいから。富士野の都合のいい時でいいんだからな」

月子「（頷く）」

＃66　道

下校している平太とQ10。

前を歩く中尾に気づき、近づいてゆくQ10。

平太「（モノローグ）オレをこの世に引き止めるもの」

立ち止まって、遠くの鉄塔を見る平太。

＃67　フラッシュ

小川「人間、何を好きになってもいいんだよッ！」

＃68　道

立ち止まっている平太。

#69　フラッシュ

柳「自分の中の常識が全部ひっくり返ってしまうようなものなの」

#70　フラッシュ

雨の中、泣きながら笑っているようなQ10。

#71　道

平太の前で、Q10と中尾、何やら話している。
中尾、恥ずかしそうに笑っている。
それを後ろから見ている平太。

平太「(モノローグ) そっか——オレ、恋してるのか」

Q10

第3話

＃1　鹿浜橋高校・教室

にぎやかに体操服に着替えている男子生徒たち。
腹筋している生徒もいたりして、体型に関する話題でもちきりである。

鷲田「うわッ、お前、これヤバいって（メタボ腹を触る）」
栗林「さわるんじゃねーよ」
平太も、着替えている。手術の痕。

＃2　外の廊下

制服の河合が困っている。
やってくる体操服のQ10。

河合「（Q10を見て）どうしよう。体操服、中なんだ」
Q10「（コクンとうなずいて、中へ入ろうとする）」
河合「（止める）うわッ！　男子、着替え中」
Q10「（河合を見る）」
河合「困ったなぁ。体育の時間、始まっちゃうよぉ」
Q10「（教室の中へためらいもなく入ってゆく）」
河合「ちょ、ちょっとぉっ？」
教室から男子達のどよめき。

河合「！」

#3　教室

男子の着替えの中、Q10、平然と入ってきて、一直線に河合の机へ。

平太「（うわぁっ！）」

近づいてこられて、思わず胸を隠す男子。

Q10、河合の鞄を持って、また平然と出てゆく。

影山「（平太に迫る）ねー、何で？　何でなの？」

平太「（と言われても）」

#4　外の廊下

Q10、河合に鞄を渡して、何事もなかったように歩いてゆく。

平太「（モノローグ）Q10にはイヤなことはないのだろうか。尻込みしたくなるような」

#5　VTR

昨年の前夜祭の映像。

上半身裸体の男子達が、いちいち妙なポーズを決めながら「天下とーる。天下とーる」と叫んでいる。

平太「（モノローグ）恥ずかしくて思わず声を上げたくなるような、取り返しがつかないような――」

＃6　教室

体操服に着替えた男子達、そのVTRを見ている。
生徒たち、うんざりしている。「マジかよ」「ほんとにオレら、これやるわけ？」等、口々に騒ぐ。

体育教師「（VTR止めて）皆も知ってる通り、これが、うちが男子校だった頃から続いている受験祈願です」
生徒たち、まだ不満。「前夜祭にこれかよ」「なんで男子だけ？　不公平じゃん」

体育教師「（見回す）去年、学年一番だった堀内《ほりうち》君は、バカバカしいといって、これを欠席しました。で、どーなったか？　はい！　入試日にインフルエンザ！　すべてが、パーッ！」
生徒たち、恐怖で顔が引きつる。

＃7　廊下

体育教師「まっ、そーゆーことですから、みんな、真剣に取り組むように」

校庭に向かう女子達、Q10を囲んでいる。

重松「ね、ね、誰が一番いい体してた?」
岡崎「影山?」
小山「ありゃ、お子ちゃま体型とみた」
津村「でも、あんまりムキムキなのもなぁ」
重松「言えてる。ほどほどに筋肉もあってぇ、でもって細身で」
小手川「まぁまぁ皆の衆、前夜祭には、全てが明らかになるゆえ、そう焦るな焦るな」

女子達、うひうひ笑う。

Q10「ヘイタだけ――」

女子達の動きが止まる。

「え? 深井君?」「深井なの?」「うそぉ」

女子達、Q10に注目。

Q10「ヘイタだけ、マークがついてました」
津村「マーク?」

#8　渡り廊下

文化祭のポスターが貼ってある。

『三年男子による受験祈願』

『激闘！　ミス鹿校はあなただ！』
見ている平太。

平太「（モノローグ）文化祭はきらいだ。去年の文化祭は病気を口実に欠席した。その前の年は――」

＃9　回想

一年の時の文化祭。
平太と同級生の柴田《しばた》京子《きようこ》、模擬店をひやかしながら楽しげに歩いている。
京子、ドキドキしながら、でも思い切って平太の腕を取る。

平太「！（ドギマギする）」
向こうから同級生がやってくる。
平太、条件反射的に京子の腕を払いのけてしまう。

京子「！」
その払いのけ方が、思ったよりきついものになってしまって、「アッ」となる平太。

平太「あ、いや」

京子「（傷つく）」
京子、いたたまれずダッと逃げてゆく。

平太「いや、そうじゃなくて」

　平太、追いかけようとするが、同級生達に「おう」とヘッドロックされる。

　平太、ロックされたまま、小さくなってゆく京子の後ろ姿を見送る。

　×　×　×

　中庭で、女子に囲まれた京子が泣いている。

　遠くの茂みでその様子を見ている平太。

　今さら、どうすることもできない。

　平太の手に、手作りの『焼きそば』の券が二枚。

　×　×　×

　強風。文化祭も片付けに入っている。

　終わりかけの屋台で、焼きそば二人前を食べている平太。

平太「(モノローグ)文化祭は、普段、忘れていることを思い出させる」

　みんな、どんどん片づけていって、平太が食べている机や椅子が持っていかれ、気がつけば何もない道端で惨めに焼きそば二人前をかきこんでいる。

　風で飛んできたポスターが平太の顔に張りつく。

　それをはがしながら、焼きそばを食べる平太。

平太「(モノローグ)二度と同じ風に吹かれることはないのだという」

♯10　渡り廊下

文化祭のポスターを見ている平太。

平太「（モノローグ）取り返しのつかないような、あのむなしい感じ」

♯11　病院・久保の病室

平太と少し快復している久保。

久保「（マンガを読んでいる）そういや、お前って、昔から嫌いだよな、花火とか、長い小説とか」

平太「だって、終わると寂しいじゃん」

久保「で、どうするの？　今年の文化祭」

平太「今年も休もうかな」

久保「（顔を上げる）天下とーる、天下とーる、ってヤツも？」

平太「あんなことで、本当に合格できると思う？」

久保「そりゃ、そーだけど」

平太「そうだ、前夜祭の日、オレ、ここに泊まろうかな。泊まっていい？」

久保「ここって、ここ？」

平太「オレ達だけで前夜祭しない？」

久保「えー（ちょっと嬉しい）」

平太「オレ、お前が落ち込んでるとかうまいこと言って、簡易ベッド借りるわ」
久保「あー、じゃあ、お前も、夜の看護婦、見れるかも」
平太「何だよ、夜の看護婦って」
久保「八時になると女の看護師さんが来るんだよ。『夜の看護婦で～す』って」
平太「(想像する) 夜の看護婦って――(モヤモヤ) 何なんだよぉ、夜の看護婦って(久保の首を絞める) 気になるじゃねーか」
久保「知らないよ、本人がそう言うんだって(締められて喜んでいる)」
平太「(モノローグ) 同じ風は二度と吹かない」

＃12　鹿浜橋高校・校内

現在の柴田京子が、男の子と歩いている。
すれ違う平太とQ10。

平太「(モノローグ) 柴田京子のことは、もう好きでも何でもないのに、見かける度に息が苦しくなる」

平太、振り返る。

平太「(モノローグ) 取り返したくても、取り返せないものがあるということを思い出して――そのむなしさで、苦しくなる」

平太、Q10を見る。

　　規則正しく歩いてゆくQ10。
平太「（モノローグ）この気持ちは、たぶん、キュートには、わからない」
タイトル『Q10』

＃13　教室

　　HR。文化祭の議題。
　　前夜祭でやるミスコンの代表者を決めている。
小山「他薦自薦問いませ〜ん。誰かいませんかぁ？」
赤川「ヤだよ、恥かくだけじゃん」
福島「そーだよ。どーせC組の柴田京子がなるに決まってるし」
平太「（窓の外を見ている）」
津村「柴田京子って必死だよね。まだ代表に選ばれてないっつーのにさ、ミスコン用の服、買ったらしいよ」
岡崎「そっか、んなもんになったら、服も新しいの買わなきゃなんないのかぁ」
重松「心配しなくても、アンタ、無理だって無理」
佐野「誰かいませんか？」
赤川「だって、パフォーマンスもやるんでしょう？」

福島「受験生にそんな時間ないっつーの」
宗田「うちのクラスで可愛いと言えば——河合さん？」
河合「！（顔を上げる）」
宮沢「駄洒落じゃん」
伊坂「いいんじゃない、委員長で」
宮沢「だから、駄洒落はもういいって」
小手川「洒落抜きで、本当に委員長でいいんじゃない？」
吉永「そうそう。うちら受験勉強あるし」
河合「（立ち上がって）わ、私だって、勉強が——」
宗田「だから、この機会に河合さんには、ちょっと一息ついてもらってさ、その間に私達がやっと追いつくってことで」
小山「河合さんがいいと思う人」
　クラスのほとんどが手を上げる。
　影山も手を上げている。
河合「！（ショック）」

＃14　自転車置場
　河合と影山、歩いている。

河合「影山君まで手上げるって思わなかった」
影山「え？　何の話？」
河合「ミスコンの代表」
影山「ああ――だって、河合さんかわいいじゃん」
河合「(傷つく)」
影山「？」
河合「そんなにバカにされてるって思わなかったよ」
　　ダッと走ってゆく河合。
影山「え？　どーゆーこと？　ねぇ、どーゆーことよ？　だって、本当にかわいいって
　　――(消え入りそうな声で)思ってるのにぃ」

＃15　校門

　　柴田京子、平太を待っている。
　　その後ろに座り込んで、ルービックキューブをガチャガチャせわしなく回して
　　いる富士野月子。
　　平太、やってくる。
京子「(近づいてきて)深井君」
平太「！」

月子、上目づかいで無遠慮に二人を見ながら、ガチャガチャやっている。

京子「私、ミスコンの代表に選ばれたんだ」

平太「あ——（そーなんだ）」

京子「もし、私が——もし一番になったら——」

平太「（緊張）」

京子「（も緊張）——ゴメン、何でもない（行ってしまう）」

平太の肩まで寄ってきて、京子を見送っている月子。

月子「付き合って——って言いたかったんじゃない？」

平太「（月子を見る）」

月子「ずいぶん待ってたよ（顎で行ってしまった京子の方を指す）」

平太「——（こいつダレだ？）」

月子「あ、私、富士野（自分の服の襟首んとこをグッと引っ張って、平太にタグを見せる）」

洗濯屋がつけた紙のタグに『フジノ』と書いてある。

月子「（見せながら）富士野月子です」

平太「あッ！　あの引きこもりの？（と思わず言ってしまう）」

月子「知ってるんじゃん。どこかな？　三年Ｂ組」

平太「あ、っていうか、もう授業、終わってるけど」

月子「いいのいいの。人がいない方が。でないと、エネルギーにやられちゃうから——
どっち？　あっち？」

＃16　会議室

Q10と小川。

小川「マーク？　深井の胸んとこに？」
Q10「(コクン)」
小川「そりゃ、手術の痕だな」
Q10「シュジュツ——」
小川「(突然) あッ！　そうかぁ、それでかぁ。それでだよ。深井のヤツ、文化祭、欠席するって言いだしてさぁ」

外の廊下に中尾。

小川「そうか。ほら、天下とーる、天下とーるってヤツやるじゃない。あいつ、手術の痕、みんなに見られるのがイヤだったんだ。そうか、そうか、何だ、そんなこと気にしてたのか、アイツ、ばかだなぁ」
中尾「——」

＃17　道

歩いているQ10と中尾。
中尾「傷があるのって、そんなにイヤなことなのかな」
Q10「――」
中尾「（怒っている）かっこいいのに」

＃18　鹿浜橋高校・教室
誰もいない教室にひとり月子。
黒板に文化祭の話し合いの跡。
『ミスコン代表、河合』
『模擬店　戦国カフェ』等々。
あらゆる物を汚そうに見ている月子。
月子「すげぇ、ムンムンしてる。こんなとこ、無理だよ」

＃19　帰り道
歩いている藤丘。
若い男「よぉ、フジオカ！」
藤丘、立ち止まる。
いかにも金持ってます、というふうな若い男が手を上げている。

藤丘「ニシ先輩？」

藤丘の肩を親しげに抱くニシ先輩。

ニシ「元気そーじゃん」

藤丘「はぁ」

ニシ「（小声で）オレのダチがさ、すんごい仕組み考えたんだ」

藤丘「シクミ？」

ニシ「おん。何もしなくても、金がずんぐりずんぐり入ってくるってやつでさ」

藤丘「はぁ」

ニシ「一緒に組まねぇ？」

藤丘「！」

ニシ先輩、財布を出す。

万札でパンパンのきらびやかな財布。

藤丘「（財布を凝視）！」

無造作に数枚引き抜き、藤丘のポケットに突っ込む。

藤丘「（あ、いやぁッ！）」

ニシ「（ポケットを叩いて）考えておいてよ（行ってしまう）」

藤丘、万札を引っこ抜いて見ている。

自分の財布を引っ張り出してくる。

擦り切れた何かの割引券と、数枚の硬貨。
その哀れな財布に、もらった万札を入れようとして、ふと振り返ると、Q10と中尾が見ている。

藤丘「！」
藤丘、札を握りつぶす。早く証拠隠滅したくて焦って近くのごみ箱に捨ててしまう。

Q10「――」
藤丘、逃げてゆく。

中尾「何だ、あいつ」
Q10「――」

＃20　病院・久保の病室

平太、漫画本やらゲームソフトをどっさり、久保のベッドにぶちまける。

久保「これ、前夜祭用？　多くない？」
平太「だって、カンテツで遊ぶんだろう」
久保「(平太の後ろを見てびっくり) あッ！」
平太、振り返ると眼帯をかけて、腕に傷を負ったQ10が立っている。
平太「(びっくり) どうしたんだよ、これ！　誰にやられたんだ」

Q10「(平然と)いま、ナカオくんもやられてます」
平太「ど、どこだよッ!」
飛んでゆく平太。

#21　カオル美容室
バンッとQ10を連れて入ってくる平太。
平太「中尾!　大丈夫か?　中尾ッ!」
中尾の額に傷。美容師カオルが中尾におおいかぶさっている。
平太、カオルに飛びかかる、が逆に簡単にひねられる。
平太「イタタタタタッ!」

××××
特殊メイクのサンプルが並べられている。
中尾の額にキズの痕。
Q10の腕にもキズの痕。
平太「それは、つまり、特殊メイクってこと?」
Q10、中尾、カオル、頷く。
平太「(Q10の)その、目は?」
Q10「(眼帯を取る。何もなってない)」

中尾「あっ、それは、せっかくだから――ボクの趣味で」
平太「(何なんだよ、もう)」
中尾「いや、だから深井が、キズを見られるのがイヤで合格祈願休むのかなって、もしそれが原因で、入試失敗してしまったとしたら、とりかえしがつかないんじゃないかなって。だったら深井より目立つキズつけたらいいのかなって」
平太「何で、お前がそこまでオレのこと気にするんだよ。わざわざ、そんなキズまで作って」
中尾「(怒ったように) 深井だって、ボクのこと心配して走ってきてくれたじゃない」
平太「(それはそうだけど)」
中尾「走っちゃいけないのにさ」
平太「――」

#22　外

電話している平太。

平太「もう、疲れたよ、オレ。なんか、合格祈願も出なきゃなんない雰囲気なんだよな。あ、でも当日は、終わったら病院戻るから。ほら、夜の看護婦見なきゃなんないし」

＃23　病院・待合室
診療時間外で誰もいないなか、久保が電話でしゃべっている。
久保「（笑っている）いいヤツじゃん、ナカオ。うん、うん――じゃあな（切る）」
ぽつんと一人座る久保。

＃24　道
三万円を捨てたごみ箱をあさっている藤丘。
お金は、どこにもない。
藤丘「――（絶望）」

＃25　神社
お賽銭《さいせん》を投げて、拝んでいる平太とQ10。
×　×　×
厄除けのお守りをつける平太。
Q10にもつけてやる。
Q10「（見ている）」
平太「お守りだよ。厄除け。これ以上、何か起こると、オレ、休めなくなるからさ」
歩きだす二人。

Q10「おカネをすてても、いいのですか?」
平太「え?　ああ、あれは、捨てたんじゃないよ。お賽銭」
Q10「フジオカくんも、すてました」
平太「へぇ、あいつも拝んだりするんだ」
Q10「三万円」
平太「!（立ち止まる。Q10を見る）」

#26　小川家・居間

Q10、自分とテレビをコードでつなげて、スイッチを入れると、画面にQ10視線の藤丘とニシ先輩の様子が映る。
平太「（びっくり）こんなこともできるの?」
Q10、ニシ先輩をアップにする。
ニシ「オレのダチがさ、すんごい仕組み考えたんだ」
平太「これ——ヤバいって——これ、ヤバい仕事だって——えーどうする?　どうするんだよ、藤丘」
Q10「（立ち上がる）やらないようにイイマス」
平太「そーだけど、やるなとは言えないよ」
Q10「?」

平太「オレ達が藤丘の生活の面倒を見れるわけじゃないんだからさ」
Q10「おカネがあれば――フジオカは、ヤバいシゴトをせずにすむのですか?」
平太「うん、まぁ、とりあえずは――三万かぁ――(財布の中身をぶちまける。千五百円ぐらい)」
平太、脱力感。
Q10も同じように、側にあったビニール袋に入った南京豆をざぁッと机にぶちまける。
平太「?」
Q10、空のビニール袋を広げて。
Q10「フジオカのために、みんなに、ここにお金をすててもらいます」
平太「みんなって?」
Q10「いまからあうヒト、ミンナです」
平太「!」
Q10「(袋を広げて)すててください」

#27　鹿浜橋高校・校門

朝。登校してくる生徒たち。
藤丘とニシ先輩。

藤丘「やっぱ、無理っていうか——お金は必ず返しますから」

ニシ「ん？　もう遣っちゃった？　金遣い荒いなぁ。お前、弟もいるんだろ？　どーすんだよぉ」

藤丘「——（煮詰まる）」

ニシ「しょーがねーな」

新しい一万円札を三枚、藤丘の目の前に差し出す。

藤丘「！」

ニシ「もう一回、ちゃんと考えろよな（藤丘の頭をガシガシつかんで、出てゆく）」

一万円札を凝視する藤丘。

涙が出てくる。

＃28　コンビニ

ニシ先輩、タバコを買っている。

丸まった三枚の万札から一枚のばして、払っている。

＃29　鹿浜橋高校・中庭

『お金を捨てて下さい』の旗を立てて、小銭の入ったビニール袋を持っているQ10。

＃30　ファミレス

河合とその兄の啓介《けいすけ》。
啓介、何やら勉強中だったらしい。

啓介「お金？」
河合「貸してくれないかな。お母さんに言うとアレだし」
啓介「（バカにして）またアイドルか？」
河合「違うよッ！　――服だよ」
啓介「服ぅ？　お前、バカか？　金借りてまで買うもんじゃないだろ服なんて」
河合「（粘って）代表に選ばれたの」
啓介「代表？」
河合「ミスコンのクラスの代表」
啓介「は？　お前みたいなブスがミスコンなんてありえねーだろう」
河合「本当に選ばれたんだって」
啓介「なら、イジメだな、それは」
河合「！」
啓介「ブスを有頂天にさせて、みんなで笑おうっていうんだよ。たちの悪い冗談だよ。それを調子こいて、ほいほい服まで買おうって、バッカじゃねーの」

河合「――」
啓介「そんなもん、絶対、出るんじゃねーぞッ！」
　啓介、ノートやらを片付けて、立ち上がる。
啓介「お前、誰が見てもブスなんだからな（出てゆく）」
河合「――（煮詰まっている）」
　後ろの席で眠っていた赤髪の民子、むっくり起き上がる。
民子「（後ろ向きのまま）出るべきだよ」
河合「！（振り返る）山本さん！　――あ、でも本当のことだし」
民子「（後ろ向きのまま）どこが？」
河合「私なんて、勉強がんばってるから、それでやっと、みんなが人並みに見てくれるっていうか、お兄ちゃんの言う通りどー見ても、私、ブスだし――」
民子「そのお兄ちゃんって人が間違ってるかもしれないじゃん」
河合「――」
民子「っていうか、間違ってる（振り向いて、河合の目をまっすぐに見る）河合さんは、きれいだよ」
河合「！」
　民子の視線を受け止められず、下を向く河合。
河合「そんなはずない！　絶対に、そんなはずないっ！」

民子「そっか、私のコトバは信じられないか（伝票を握って立ち上がる）」
下を向いたままの河合。

＃31　道

ギターを背負って歩いている民子。
追いかけてくる河合。

河合「違うの！　山本さんのこと、信じてないわけじゃないの」
民子「（立ち止まる）」
河合「信じたいよ。でも、信じられない――だって、私は」
民子「河合さんってさ――違うことは違うって、声に出して言ってこなかったんだね」
河合「――」
民子「違うって言わないと、間違ったことが本当になってしまうよ。自分で大声で言わないと。かわりに誰も言ってくれたりしないんだから」
河合「――」
民子「大声で言おうよ。私は、きれいだって」
河合「――」
民子「人にバカにされたっていいじゃん」
河合「――」

民子「そーじゃないって、大声で言おうよ」
河合「――」

#32　夜の道

『お金を捨てて下さい』の旗を立てて、募金をしているQ10。
Q10「(大声)トモダチがヤバイ仕事にクビをつっこみます。たすけてください!」
見るからにヤバそうな人が、千円札を入れる。
Q10「ありがとうございます」

#33　スタジオ

パワフルに歌っている民子。
それを隅で見ている河合。

#34　公園

紙袋を持ってくる民子。
河合に渡す。
チャカとのデートで着ていた白のワンピース。
河合「かわいい!　いいの?」

民子「いいよ、私、もう着ないし」
河合「ありがとう」

＃35　夜の道

紙袋を持って歩く河合。

まわりに人がいないか確かめる。

河合「（紙袋の中に向かってつぶやく）私はブスじゃない」

河合、顔を上げて息をする。

河合「（もう一回、紙袋の中へ少し大きな声で）私はブスじゃない。（思い切って大きな声で）私はブスじゃなーいッ！」

あわてて紙袋の口をしめる。

河合、空を見上げて、大きく息をする。

＃36　小川自転車店

訪ねてきている平太と、風呂上がりの小川。
小川「キュート？　うん、さっき帰ってきた。ボロボロ」

＃37　居間

充電しているQ10。

お金の入ったビニール袋と『お金を捨てて下さい』の旗。

平太「(それらを見て) マジだったんだ (Q10を見る)」

#38　鹿浜橋高校・校内

文化祭の用意をしている生徒たち。
校内放送「ただいまより、鹿浜橋高校、前夜祭を行います。三年男子による受験祈願が
運動場で行われます」

#39　階段

上半身裸の男子達がぞろぞろ下りて行っている。

平太と中尾もいる。

二人、キズを並べてみんなに自慢したりしている。

#40　道

夕暮れ。

募金しているQ10に因縁をつけるサラリーマン。

サラリーマン「だから、さっきから言ってるだろ。ヘンなんだよぉ、しゃべり方がよぉ。

ちゃんと言えよ、ちゃんと、ほらぁ」

Q10「(色々なイントネーションで) おカネを、おカネを、おカネを、おカネを、おカ
ネを――」

ショートして白い煙がシューと出る。

驚いて逃げてゆくサラリーマン。

武広が、じっと見ている。

早い時間なのに、酔っぱらってすでに出来上がっている。

武広「だいじょーぶれすかぁ? お嬢さん。お嬢さん? (肩をゆする) あちッ! あち、
あち、あち、えー?」

Q10「おカネを、おカネを、おカネを――」

#41 深井家・リビング

酔っぱらった武広、氷を作っている。

武広「(別の部屋の扉に向かって) 氷、もっといりますか? (聞き耳を立てるが、何も
言わない) お嬢さん? だいじょーぶれすかぁ?」

武広、うしろめたく思いつつ、そぉっと扉を開けて、中を覗き見する。

武広「しかしてその実態は――鶴だったりして、うひひひ」

Q10の背中。

　　蓋が羽のように観音開きになって、中の機械が点滅している。
　　腰を抜かす武広。
武広「うわわわわッ！」

#42　鹿浜橋高校・会議室

　入ってくるしげ。
　　小川、驚愕。
しげ「（ぺこぺこ）どうも、お邪魔します。どうも」
小川「何しに来たんだよぉ」
しげ「（荷物を置く）何って、今日遅くなるっていうからオハギ持ってきたんじゃない」
小川「なんでオハギ」
しげ「（先生方にペコペコ）これの母でございます」
小川「もういいから、帰って！　すぐ帰って！」
しげ「懐かしいね。あんたが高校生だった頃、思い出すわ」
小川「もう、いいから！　お願いだから」
　　小川、しげを押し出す。

＃43　校庭

野球の道具が置いてある。
金網ごしに、それを見ているしげ。

小川「まだ帰んないの？　もう、いいだろう」
しげ「あん時さ、お前のせいで甲子園行けなかったんだよねぇ」
小川「もう、いいよ、その話は」
しげ「あんな大事な時に、ミスするなんてねぇ」
小川「（イヤになっている）」
しげ「あん時は、もう恥ずかしくて恥ずかしくて、とても生きてゆけないって思ったけど」
小川「（思い出している）」
しげ「案外、生きてゆけたね（笑っている）お前も私も」
小川「――まぁね」

＃44　廊下

民子と河合。

河合「どうしよ。もう無理。絶対無理。（濡れたワンピースを見せる）借りたワンピース、洗濯されちゃった。きっとお兄ちゃんが、洗濯機に入れたんだと思う」

影山、カメラを持って一人だけ教室から出てくる。
民子と河合を見つける。

民子「(濡れたワンピースを見ている)」
河合「やっぱり、出るなってことだったんだよ。そうだよ、私が出なくたって、別に誰も困らないわけだし」
民子「──」
河合「私、不参加って言ってくる」
影山「！」
河合の腕をつかむ民子。
民子「服は、私が何とかするから」
河合「お兄ちゃんの言う通りだった。私が、こんなの出ること自体間違ってたんだよ。山本さんが何と言おうと、私はブスなの」
影山「──」
民子「お兄ちゃんを信じるの？　それとも自分を信じるの？」
河合「──」
民子「この先、どっちを信じて生きてゆくの？」
河合「──(絞り出すように)自分を信じたい」
民子「(肩を抱く)」

影山「――」

＃45　校庭

三年男子、今まさに受験祈願が始まろうとしている。
影山、柳にカメラを渡す。

柳「ん？　ここんとこ押すだけ？　簡単なんだ」
影山「人もそれぐらい簡単だったらいいのに」
柳「(笑って) 何？」
影山「いや――コトバも通じないし、抱きしめるわけにもいかないし――そんな時は、どうすればいいんでしょうね」
柳「最後は、情熱よ。あんたのここんとこ(胸)がフツフツ沸いてきて、ポンッてフタが飛ぶのよ、それが相手にコンッ！　って当たるの」
影山「そんなに、うまく当たりますか？」
柳「当たることは考えない。ただただ、フタを飛ばすことだけを念じる(わかった？)」
影山「はぁ」

＃46　廊下

ニシ先輩、校庭を見ている。

「天下とーる、天下とーる」の声が聞こえてくる。

校長「（通りかかって）お、始まったか？——（ニシに気づいて）ん？　西か？」

ニシ「（頭を下げる）」

校長「元気そーじゃん」

ニシ「あいかわらず、ガッコーって、つまんねーことやってますねぇ」

校長「（笑って）まぁな——おぉ、そうだ。お前に返さなきゃなぁ」

ニシ「？」

＃47　校長室

校長、陸上のトロフィーとか楯をニシに渡している。

ニシ「こんなもん、いまさら、いいっすよぉ」

校長「何言ってるンだよぉ（どんどん渡す）」

ニシ「（迷惑）」

校長「（しみじみ）これだけのことをさ——ほんっとに、お前よくがんばったよなぁ」

ニシ「——」

＃48　校庭

三年男子による合格祈願が行われている。

「天下とーる、天下とーる」と言っている。
平太も中尾も影山もやっている。
×　×　×
河合、濡れた服を見て、ため息。
女子達がやってくる。
女子「いたッ！　いたよ、いたッ！」
女子「河合さん、来て、早く、早く」
河合、ひっぱってゆかれる。
×　×　×
合格祈願をしている男子。
影山だけ違うことを言っている。
影山「河合は、きれいだッ！　河合は、きれいだッ！」
ひっぱってこられる河合。
影山「河合は、きれいだッ！　河合は、きれいだッ！」
河合「！」
女子からヤジられる影山。
撮影している柳。
河合「（恥ずかしくて下を向く）」

柳「入試、どーなってもいい覚悟で言ってんだから、顔上げて聞いてあげなよ」
河合「――（顔を上げる）」
柳「そうだ。これ、影山君に返しといてくれる？（河合にカメラのフタを渡す）」
河合「（受け取る）」

＃49　教室

待っている河合。
着替えた影山が出てくる。
影山「（河合見て）！」
河合、影山にカメラのフタだけ渡して、何も言わずに走ってゆく。
影山「（受け取って）え？　もしかして、当たった？（河合の方を見る）マジで？」

＃50　校門

帰ろうとしている平太。
月子がいる。
月子「ミスコン見ないで帰るの？」
平太「約束あるから」
月子「見てあげなよ」

平太「――見たって、何かが変わるわけでもないし」
月子「そうかな」
平太「――」
月子「今は今しかないのになぁ（行ってしまう）」
平太「！」

＃51　体育館・ステージ
『ミス鹿校　今夜決定！』の看板。
舞台では、すでに始まっている。

＃52　楽屋
民子、やってきて河合の前に、ドサッと他校の制服を置く。
河合「これ――他の学校の制服？」
民子「コーディネイトして、この世にたった一つの制服を作る」
河合「！」

＃53　病院・久保の病室
久保のケータイにメールの着信。

平太から『ゴメン、もうちょっと遅くなる』
久保、ケータイを閉じる。

＃54　体育館・楽屋

自分達でコーディネイトした制服姿の河合と民子。
（もちろん、二人とも違う恰好）
ギターを持つ民子。
拍手が聞こえてくる。

司会「（声）はい、ありがとうございました。次は、三年B組の河合恵美子《えみこ》さんです」
民子「行くよ」
河合「（頷く）」

＃55　ステージ

出てくる河合と民子。
河合、観客に一瞬ひるむが、振り絞るように声を出す。

河合「三年B組、河合です。『風』を歌います」
民子、ジャーンとギター鳴らして、河合、歌い始める。

河合「（歌）人はだれもただ一人旅に出て、人はだれもふるさとを振りかえる」

河合の『風』の歌声が、以下のシーンにかぶってゆく。

＃56　楽屋

河合「（歌）ちょっぴりさみしくて振りかえっても、そこには、ただ風が吹いているだけ」

柴田京子、用意万端で出番を待っている。

振り返ると平太がいる。

京子「！」

＃57　校内

河合「（歌）人はだれも人生につまずいて」

藤丘、Q10が消した自分の落書きをなぞる。

＃58　陸上部部室

河合「（歌）人はだれも夢破れ振りかえる」

履き古したスパイクを見ているニシ先輩。

＃59　体育館・ステージ

歌っている河合と民子。

河合「(歌) プラタナスの枯葉舞う冬の道で、プラタナスの散る音に振りかえる」

隅で聞いている、河合の兄の啓介、その横にフタを握りしめて聞いている影山。

#60 中庭

河合「(歌) 帰っておいでよと振りかえっても、そこにはただ風が吹いているだけ」

小川が一人で、真剣にバットで素振り。

#61 楽屋

河合「(歌) 人はだれも恋をした切なさに、人はだれも耐え切れず振りかえる」

平太と京子だけがいる。

京子「あの日、私が腕を払われても、平気だよって笑っていたら私達、今も付き合ってたのかな?」

平太「――」

京子「ミスコンで優勝したら、取り返せるかもしれないって思った」

平太「――」

京子「(苦しい) 取り返せるよって言ってくれるかな。ウソでもいいから――」

平太「オレ達が、もう一回付き合えば、それで取り返したことになるのかな?」

京子「(も、違うと思っている)」
平太「きっと、そういうことじゃないよな。そうじゃないって、わかってるもんな、オレ達」
京子「──」
平太「──取り返すっていうのは、たぶん次に行けるってことだよ(京子を見る)」
うわっという歓声と一緒に拍手の音。
河合の歌が終わったのだ。
進行役「柴田京子さーん、スタンバイお願いします」
京子「はい(舞台袖口に立つ)」
平太、京子の腕をつかむ。
京子「!」
平太「オレの腕、払いのけて、あそこ(ステージ)に行けよ」
京子「──」
平太「行って、全部、取り返そう」
京子「(ステージを見る)」
京子、躊躇した後、思い切って平太の腕を振り払う。
京子「これでおあいこだね」
平太「ああ」

ステージへ華やかに出てゆく京子。

歓声にこたえる京子。

平太「――」

#62　体育館・外

河合と民子、生徒たちに揉みくちゃにされている。

「マジかわいかったよ」「いいよ、いい」「全然よかったよ」

河合「（嬉しい。何も言えない）」

#63　校門付近

しげ、チロちゃんを連れた校長にペコペコ頭を下げている。
しげ「息子のこと、よろしくお願いします」
帰ろうとしている平太。
校長「（平太に）何、もう帰っちゃうの？」
平太「あ、いや、約束があって――」
校長「あっこれ（平太のつけているお守りを見つけて）オレも持ってる」
チロちゃんが平太のお守りをなめる。
とたん、グタッとなってしまう。

校長「チロちゃん？　どーしたの？　チロちゃん！　今、このお守りをなめたら、チロちゃんが！」
しげ「あー、それは魔除けのお守りですから」
校長「どーなるの？」
しげ「人間以外のものが、これに触れた後は、たちまちにして塵アクタとなって、この世から消え去ってしまう、と言われてるんですよ」
平太「人間以外のもの——」
しげ「チロちゃん、ケモノだから」
校長「えー？　チロちゃん？　チロちゃん！（あたふた出てゆく）」
平太「（ハッとなる）え？　人間以外の者が触ったらダメってことなの？　どーしようッ！　オレ、これキュートにつけた」
しげ「え？　キューちゃんに？」
平太「これ、そんなに効くんですか？」
しげ「（重々しく）ものすごく効く」
　突然、カミナリの音。
　平太、しげ、頭を押さえる。
　生徒たちが、走ってくる。
森永「カミナリが落ちた」

平太「ま、まさか、キュートに？」
　平太、走りだす。

#64　校庭
　何かが燃えている。
　遠巻きに見ている生徒たち。
　体育教師「近づくんじゃないぞ」とか言っている。
　やってくる平太。
　機械のようなモノが焼けている。
　月子、見ている。
平太「キュート？（駆け寄る）」
体育教師「（平太を止める）危ないから、離れて」
平太「（必死）キュート！　キュート！」
影山「落ちつけよ、人間じゃないって、どう見ても機械だろ、アレ」
平太「（絞り出すように）キュートッ！　キュートッ！」
　汚い顔で号泣する平太。
　月子、珍しいものを見るように見ている。
　影山、平太を撮っている。

影山「あ、キュート」
平太「！」

平太、見ると、小銭で一杯のビニール袋を持ったQ10が立っている。

平太「（安心して腰が砕けてしまう）う、動くんじゃないぞ！（立てずに、手をのばしてQ10のお守りを引きちぎる。安堵でガクッと倒れる）」
Q10「（なぜか、武広の言い方で）だいじょーぶれすかぁ？」
平太「！」
Q10「（笑って手を差しのべる）だいじょーぶれすかぁ？」
平太「（その手をつかむ）」

＃65　病院・久保の病室

入ってくる看護師。

看護師「夜を担当する香川《かがわ》です。よろしくお願いします」
久保「あの、『夜の看護婦で～す』って言う人は？」
看護師「ああ、金井《かない》さん？　聞いてない？　結婚したの。今頃、イタリアだよ。いいよなぁ」
久保「――」

＃66　深井家・リビング

眠っている武広。
空の酒瓶。
「ただいま」と帰ってくる千秋とほなみ。

千秋「もう、お父さん、一人だとこれだから」
ほなみ「（起こす）こんなところで寝たら風邪ひくでしょ」
武広「（目覚める）あー、お帰り（ふと正気に戻って）鶴ッ！　鶴はどーした？」
千秋「何言ってるの」
武広「鶴が来たんだよ、うちに。メカで出来た鶴女房」
ほなみ「飲み過ぎよ」
武広「（恐怖）そ、その部屋に居たんだって、こう、羽を広げてんだけど、その羽も機械なんだよ、うん」
千秋「何、言ってるの（戸を開ける）」
武広「バカ、やめろッ！（顔を隠す）」
ほなみ「何もいないじゃん」
武広「（納得いかない）うそ。居たんだって。本当に。機械がチカチカしてたんだって」
千秋「（自分の部屋へ）夢見てたんだよ、夢」
武広「え、そうなの？　夢なの？」

ほなみ「飲み過ぎよ」
武広「だいじょーぶれすかぁ、オレ」

＃67　鹿浜橋高校・校門

トロフィーや楯を持ったニシ先輩と藤丘。
平太「(声) 藤丘！」
藤丘、振り返ると平太とQ10。
藤丘「！」
平太、お金の入ったビニールの袋を藤丘に押しつける。
藤丘「(見る) ?」
平太「キュートが、集めてくれた。お前がヤバい仕事しないようにって」
藤丘「(Q10を見る)」
平太「悪いけど、先輩とのやりとり、聞いちゃってさ」
藤丘「(静かに) こんな端金《はしたがね》じゃ、どーにもならないよ」
平太「――そうかもしれないけれど」
藤丘「(見る) だから、お前には関係ないんだって」
平太「そうだ、関係ないよ」
藤丘「――」

平太「でも、踏みにじられるのが、ヤなんだよ」
藤丘「――」
平太「お前だって、イヤだろ？　誰かが踏みにじられるのを、黙って見てるの、ヤじゃないか？」
藤丘「ニ、ニシ先輩は、オレを踏みにじったりしない」
皆、ニシを見る。
ニシ、トロフィーを持っていて気まずい。
ニシ「もうなんなんだよぉ――お前、ほんっとにバカだな。（丸まったお札を出して見せる）お前の捨てた金、拾ったのオレだよ」
藤丘「！」
ニシ「そーだよ、こいつ（平太）の言う通りだよ。お前のこと踏みにじろうとしたんだよ（行く）」
藤丘「！」
ニシ「（振り返って）こんなの（トロフィー）持たされてたんじゃ、ウソつき通せねーよ（行く）」
藤丘「――」
Q10「（側に寄ってくる）だいじょーぶれすかぁ？」
藤丘「（小銭の袋に目を落とす）」

＃68　病院・久保の病室

懐中電灯で久保の顔を照らす。

久保「！」

照らしているのは柳である。

柳「(小声) 久保くん？　お待たせ」

久保「(怖い) 誰？」

柳「深井君から頼まれたの、かわりに夜通しゲームしてくれって。(腕まくり) どれから片づける？」

×　×　×

暗い中、ゲームをしている柳と久保。

久保「平太は、終わるのが嫌いなんだよ」

柳「ふーん」

久保「終わるのが怖いから、何かを始めるのも苦手でさ」

柳「そんなこと言ってたら生きてゆけないじゃんね。人間は、百パー死ぬんだから。みんな、それ、わかってて生きてんだから」

久保「平太に、そう言ってやってよ」

柳「(ゲーム危ない) あっあっあっ――死んだ？　死んだの？　私？」

久保「(ゲラゲラ笑っている) カンペキ死にました」

#69 鹿浜橋高校・校内

『文化祭』の看板を上の方で取り付けている生徒たち。
その下に平太とQ10と中尾。

平太「(ぼやいている) 結局、オレ、ずっと学校じゃん」
大友「あーッ！」
作業していた生徒、誤ってカッターを落とす。
Q10の腕に刺さる。

中尾「！(Q10の腕を凝視)」
Q10、何事もないように引き抜く。
その様子を中尾だけが目撃している。

大友「ごめん。大丈夫？　ケガしてない？」
Q10「(カッター返す) だいじょーぶれすよぉ」
平太「そんなの、どこで覚えたんだよ」
平太とQ10、帰ってゆく。
中尾、立ち止まったまま動けない。

＃70　教室
ひとりっきりの藤丘。

袋にあったお金を数えている。

時々、みんなの励ましのメモが入っている。

『まだ取り返せる。がんばれ』『戻ってこい！』『もう少しだけガンバレ』『遅いってことはない』

等々、達者な字もあれば、子供の字もある。

メモを読んでいる藤丘。

平太「（モノローグ）同じ風は二度と吹かない」

＃71　校内
朝。
文化祭が始まっている。
三年B組の戦国カフェ。
河合と民子の真似をして、他校の制服を交換してアレンジしている生徒たち。
平太「（モノローグ）その中で、オレ達は生きている」
模擬店を見て歩いている影山と河合。
影山、河合の手をそっと握ると、びっくりする河合。

あわてて手を放す影山、気まずい。
河合、思い切って、自分の方から手をつなぐ。
照れる影山。

#72　富士野家・月子の部屋
部屋の壁にルービックキューブを並べて『平太』とモザイクのように書かれている。
月子「(電話している) そう号泣してんの。あんなの初めて見た。気持ち悪いって思ったけど、なんか感動した。ちょっといいなって思った」

#73　小川自転車店・外観

#74　小川家・居間
陽の射すなか、眠っている平太とその横に充電しているQ10。
平太「(モノローグ) 夢を見た。キュートが人間でオレはロボットだった」

#75　鹿浜橋高校・校内
文化祭でにぎわっている。

平太「（モノローグ）何で自分は人間じゃないんだと嘆いていたら」

藤丘、模擬店で弟に焼きそばを食べさせている。

平太「（モノローグ）キュートが側に来て、こう言った。人間であるとか、ないとか、そんなことどうでもいいことだ」

民子、中庭でイヤホンをして寝っ転がっている。

柴田京子、ミス鹿校のタスキをかけていて、皆から写真をせがまれている。

校長が、無事だったチロちゃんの芸を生徒たちに見せているが、言うことをきかない。

平太「（モノローグ）今、私も平太も人間になりつつある。誰かに心配されたり、誰かを心配したりできる、愛すべき人間になりつつある。それだけでいいじゃないか」

中尾、キズをはがす。何もなっていない額を、何かを考えながら、撫でている。

写真部の展示作品。

その中にQ10が募金している白黒写真がある。

平太が号泣している映像が流れている。

みんな、それを見てゲラゲラ笑っている。

＃76　小川家・居間

眠る平太とQ10。

平太「（モノローグ）キュートの言葉が優しくて、オレは夢の中でも号泣した」

Q10

第4話

＃1　戦場

小川「(声) 幾時代かがありまして、茶色い戦争ありました。幾時代かがありまして、冬は疾風吹きました（中原中也の詩『サーカス』)」

三年B組の生徒たちが、なぜかリクルートスーツで戦っている。撃ち込まれてくる弾丸を通勤鞄で避けたりしているが、弾丸はよく見ると漢字の『次』である。

平太「何だよ、これ、キリがないっつーの」

撃ち込まれてきて、生徒たち、わわわと逃げる。

丸腰の平太達は圧倒的に不利である。

影山「オレ達、勝ってるの？　負けてるの？」

平太「わかんねぇよ、そんなこと」

河合「ってゆーか、敵って誰？」

藤丘「それを知ったところで、どーなるもんでもないだろ」

民子「(前を見て) そもそも、どーなったら、勝ちなの？」

みんな、民子の言葉に「そういえば、そうだよなぁ」となる。

平太「(八方ふさがりで) あ〜、アイス食いて」

降り注ぐ弾丸の中、平然とQ10が歩いてゆく。

中尾「キューートッ、危ないッ！」

平太「あー、いいんだよ、あいつなら大丈夫」
中尾「何で？」
平太「え？」
「何でよ」「何でだよ」とクラスメイトに取り囲まれる平太。
平太「あ、いや、それは――」
詰め寄られる。
平太「いや――だから、キュートは」

＃2　鹿浜橋高校・教室
授業中。(中原中也について)
眠っている平太。
小川「様々な挫折があって、なお詩を作り続けたのは――」
平太「(寝言) ロボットだからだよッ！」
小川「！」
みんな、笑う。
平太、目覚めて、「あ」となる。
中尾だけ、こわばった顔。

＃3　廊下

歩いている小川。

小川「おい、中尾！　お前、進路の紙、まだだからな」

中尾「（ボーゼンと）しんろ――」

小川「そう、進路ッ」

中尾「そんなこと、どーでもいいですッ」

小川「えぇ？」

中尾「（興奮）そんなことより、もっと大変なことが起こってるんですッ！」

小川「何だよ、進路より大変なことって？」

中尾「（言いよどむ）言えません（行く、が振り返って）ゴーモンされても言えません！（行く）」

中尾の後ろで、ものすごく不安になる小川。

小川「拷問されてもって――おい、何なんだよぉ」

歩いてゆく中尾。

＃4　中尾の回想

Q10の腕にカッターが落ちる。

Q10、何事もないようにカッターを引き抜く。

＃5　鹿浜橋高校・廊下

立ち止まる中尾。
窓辺にイヤホンをつけたQ10。
中尾、その姿を凝視する。

＃6　教室

帰り支度の平太と影山。
他に誰もいない。

平太「え？　次の段階？」
影山「そうよ、告った後よ」
平太「んなこと、お前の方が詳しいじゃん」
影山「オレって、みんなが思ってるほど、場数踏んでないんだって」
平太「あ、そう（帰り支度）」
影山「問題は、次だよ、次――やっぱ、キスなのか？　な、キスかな？」
平太「だから、知らねーよ、そんなこと」
影山「お前らは、どこまで進んでるわけ？」
平太「お前らって？」

影山「だから、キュートと、どこまで進んでるの？」
平太「！（焦る）」
影山「あーッ！　もしかして、レベル４突入した？」
平太「！（びっくり）」
影山「やっぱりそーなの？　突入なの？　うわっ、突入って！　うわッ（一人興奮している）」
平太「――」

＃７　踏切
夕暮れ。

渡っていく平太とＱ10。

平太「（モノローグ）次の段階もなにも、キュートはロボットで、オレは人間で、それはどこまで行っても交わらなくて――」

どこまでも延びる平行線の線路。

＃８　道
歩く平太とＱ10。
Ｑ10、イヤホンをしている。

平太「何、聞いてるの？」
Q10「（平太にイヤホンを一つ渡す）」
平太、聞く。
志ん生《しんしょう》さんの落語。
平太「落語？　何で？」
Q10「しゃべり方がヘンだと言われたので、落語で勉強しています」
平太「そういや、話し方、うまくなってるよな」
Q10「（進路の紙を出してきて見せる）」
平太「え？　進路？　キュートはこんなの、出さなくてもいいんじゃないの？」
Q10の進路の紙、『努力する』と書かれている。
平太「努力って——努力？」
Q10「若日那は、何と書いたのですか？」
平太「若日那って——オレは、まだ何も——」
Q10「おてんとう様と米ツブは、ずっと自分についてまわってくると思っているのですか？」
平太「は？」
Q10「若日那、おてんとう様はついてくるけど、米ツブは努力しないとついてきませんぜ」

Q10、平太の耳にイヤホンをつけてやって先に行く。
イヤホンから、落語が流れてくる。

平太「(モノローグ) 焦った。キュートにも、目標みたいなのがあって——」
Q10の書いた『努力』の文字。
生真面目に歩いてゆくQ10の後ろ姿。

平太「(モノローグ) そして、そのために、努力している」
遠くに鉄塔が立っている。
それを見ている平太。

平太「(モノローグ) オレは、次——何をしたらいいんだろう?」

タイトル『Q10』

#9 鹿浜橋高校・教室

休み時間。
煮詰まった中尾、突然立ち上がり、Q10に近づく。
女子達と話しているQ10の腕をつかむ中尾。
皆、中尾の勢いにびっくりして見ている。

中尾「(切実) 見せてくれ」

Q10「――」
中尾「ま、まくって見せてくれ」
平太「！」
小山「何、それッ！」
赤川「きもー、あんた、きも過ぎるよぉ」
宗田「ちょっと、何考えてんのよッ！」
　女子に取り囲まれる中尾。
　大騒ぎになって、平太、近づけない。

＃10　屋上
　平太と中尾。
平太「お前さ、もうストーカーみたいなことしないって――」
中尾「深井は、キュート、触ったことある？」
平太「！――何だよ、それ」
中尾「(強く)あるよね」
平太「うん、まぁ――」
中尾「(切実)どう思った？」
平太「どうって――」

＃11　フラッシュ

Q10に後ろから抱きつかれた時の脚。
ビニールに包んでいる時のQ10のうなじ。
号泣しながらつかんだQ10の腕。

＃12　屋上

平太と中尾。

平太「(つい正直に) 人間みたいだった」
中尾「(強く見ている)」
平太「あ、いや――」
中尾「やっぱり――人間じゃないんだ」
平太「(息を呑む) 何言ってるの、人間だよッ！　人間に決まってるだろう」
中尾「でも、人間みたいだったって――」
平太「冗談だよ。お前、ルナちゃんとか言ってたからさ。お前だって、手つないだじゃない。デートした時。人間だったろう?」
中尾「だから、確信が持てないんだよ」
平太「確信って言われても――」

中尾「（じっと見て）証拠があれば――」
平太「証拠って？」
中尾「人間だっていう」
平太「何言ってるんだろ――（探るように）例えば？」
中尾「――泣くとかさ（見る）」
平太「！（虚勢を張って）はは、何だ、そんなこと。そりゃ泣くだろ、人間だもん」
中尾「（疑り深く見ている）」
平太「ははは、何言ってるの、ははは（中尾の様子を見ている）」

＃13　理科準備室

柳、本をある角度にこだわって立てている。
（パソコンがうまく起動するためのおまじない、と本人は信じきっている）
その側に、平太とQ10。
柳「泣かせてほしい？」
平太「（頷く）」
柳「小川センセイを？」
平太「なんで――違いますよ。キュートです」
柳「なーんだ」

平太「中尾がロボットじゃないかって疑ってるみたいで」
柳「泣いたら人間だって？」
平太「泣かないっすよねぇ」
柳「泣かせること自体は、技術的には難しいことじゃないと思うんだよねぇ——（ともなげに）泣けるんじゃない？（Q10に）ね、泣けるよね」
Q10「涙は、装着済みです」
平太「（びっくり）うそ、泣けるの？」
Q10「ぱふ」
平太「じゃあ、泣いてよ。今、泣ける？　そうだ、中尾、呼んで来よう」
Q10「若旦那、無理を言っちゃあいけません。泣くようなことを言ってもらわないと」
平太「泣くようなこと？（しばし考える）」
柳「（も見たい）はやく（言いなさいよ）」
平太「えー（言い渋っている）だって、言えないし、そんな人を傷つけるようなこと」
Q10「（自信たっぷりに）傷つきゃあしません。なぜとならば、キュートはロボットでございます」
柳「ほら。今、頭に浮かんでるんでしょ、悪口色々。言っちゃいな」
Q10「若旦那、言っちゃって下さい」
平太「いいの？　ほんとに？　怒らないでよ。えーっと（言いたいがいざとなると言えず、頭を抱える）言えないよぉ！」

柳「（Q10に）これが人間」

Q10「（深く）ぱふぅ」

＃14　道端

三十代ぐらいの男女の修羅場が繰り広げられている。

泣き叫ぶ女。

それを、呆然と見ている平太と影山。

＃15　道

歩いている平太と影山。

影山「あー、ケダモノになりてぇ！　オレらに足りないのは、何もかも打ち捨て、突進してゆくケダモノ力なんだよなぁ」

平太「――あ、（立ち止まる）」

影山「？」

平太「（店の看板を指す）愛獣って」

ハートの中に『愛獣』と書かれた看板。

影山「うわっ！　何これ」

平太「愛のケモノって」
影山「この扉の向こうは、どうなってんだ？（想像する）な、どーなってんだと思う？」
平太「そりゃ、あんなこととか、こんなこととか？」
　影山、平太をつついて、うひうひ笑う。
　二人で携帯で写真を撮ったりしていると、男が入ってゆく。
影山「うわッ、人が入った。見た？　見たよな？」
平太「昼間っからよくやるよなぁ（と撮った画像を見て凍る）」
　入って行ったのは父の武広。

＃16　深井家・リビング
　武広、着替えている。
　平太、ケータイいじりながら、ちらちら武広を見ている。
　千秋、帰ってくる。
千秋「できたよ、（写真のプリントを見せる）」
　台所からほなみ、飛び出してくる。
ほなみ「見たい、見たい」
千秋「けっこういいのよ、これが（と平太にも見せる）」
　大きく引き伸ばした写真。

平太とほなみと千秋と、テレビでよく見るアナウンサーが、ライオンの檻の前で家族写真のように写っている。

平太「へー、いいじゃん」
武広「(ちょっと見て) 何だ、でかくしたの?」
千秋「だって、初めてだもん。有名人と撮った写真なんてさ」
武広「でもさ、それアレじゃん。オレ、写ってないじゃん」
ほなみ「そりゃそーよ、写真撮ったのお父さんだもん」
武広「そーなんだけどさ」
千秋「そう思ってさ、とーちゃんもちゃんと入れておいたから」
武広「うそ? オレ居るの? どこ? どこよ? (よく見るとライオンの顔が武広になっている) ライオンかよ」
ほなみ「何か、これ、こうして見たら、本当の家族みたいね」
千秋「本当だ。全然違和感ない」
ほなみ「(武広に) おじいちゃんちにも送っとく?」
武広「(面白くない) ん、どっちでもいい」

武広、ズボン脱ぐのに片足で立っていられなくて、とっとっとっとよろめいたりしている。

ライオンの武広は、吠えているように見える。

平太「――」

＃17　小川家・居間

一人で夕食を食べようとしているしげ。
テレビでは、通り魔のニュース番組。
オカズを台所から運んできながら。

しげ「（テレビを見つつ）誰でもよかったって――そんな、あんた」
電話が鳴る。

しげ「はいはい（出る）もしもし――オレオレって言いますけどね、あんた、どーせ色んなとこ電話してんでしょ？　本当に私でなきゃダメなんですか？　だませるんだったら誰でもいいって思ってるんでしょ――あ、ちょっとッ！　切るのかッ！卑怯者ッ！（切られる。憤然となる）」
机の上のダイレクトメールを見ながら。

しげ「（呟き）ほんっとに、誰でもいいんだから」

＃18　鹿浜橋高校・会議室

小川「（電話見る）何で息子の声がわからないの。人の話、聞けっつーの」
小川、仕事を続けるが、柳が、ちょっと離れた所に座っているのに気づいて、びっくりする。

柳「私、気づいちゃったんですよね」

小川「(手を休めずに) 何をですか?」

柳「私、小川先生がいないと、生きてゆけないって」

小川「(びっくり) そんなことないでしょう?」

柳「ダメなんです、私。先生がいないと (じっと見る)」

小川「(ドギマギ) え? あ? イヤ――」

柳「ちょっと来てくれますか?」

小川「いやぁ、え?」

柳「(手招き) ちょっとだけッ」

#19 理科準備室

一転して厳しい顔の柳。

方角を見極めている。

小川をある場所に座らせる。

柳「心持ち、三センチほど右に」

小川「はあ (移動)」

柳「そう、そこッ! (慌ててパソコンへ) そこ、動かないで下さいよッ。(よしッ!

とパソコンを起動させる）おぉ〜ッ！　やっぱり」
小川「何がです？」
柳「小川先生がそこに座るとパソコンがとてもスムーズに動くんです」
小川「それは、どういう理由で？」
柳「（パソコンを使いながら。以下、同じ）わかりません。おまじないみたいなもんです」
小川「ボク、忙しいンですけど」
柳「（怖い顔）ダメ」
小川「あの――これ、ボクじゃなくてもいいんじゃないですか？」
柳「もちろん、色々試しましたよ。（顔上げて）科学者ですから。（またパソコンへ）でも、小川先生じゃないとダメなんです」
小川「じゃあ、ボクが転勤とかになっちゃったら、どーするんですか？」
柳「そりゃ困ります」
小川「（そーなんだ。ちょっと嬉しい）」
柳「お嫁に行く時、持って行きます」
小川「ボ、ボクをですか？」
柳「（にっこり）持って行きます」
小川「はぁ（喜んでいいのか、とても複雑な気持ち）」

＃20　屋上

まだ書かれていない進路の紙を広げたまま置いてある。
靴を重しにしていて、ヒラヒラ舞っている。
その横に寝っ転がった平太。
　Q10、座っている。

Q10「まだ書いてねぇんですか？」
平太「ん？　ああ――進路？　なんか、もう、どーでもいいや」
Q10「（見る）」
平太「この世の中のさ、ほとんどは、どーでもいいことと、どーにもならないことで出来てるんだよ。そんな中でさ、マジに考えても、しょーがないじゃん？　大体さ、オレでなきゃダメだなんて仕事なんて、ないし。（体を起こす）なんかオレ、どーでもいいや」
　平太、ふとQ10を見て「！」となる。
　Q10の目にみるみる涙があふれてくる。
平太「（あわてて）え？　えっえっ、なんで？」
　Q10、泣いている。
平太「オレ、なんか悪いこと言った？」

　　Q10、泣いている。

平太「（困惑）」

＃21　教室

　　休み時間。
　　泣き続けているQ10。
　　中尾、Q10を見ては悩み、悩んではQ10を見ている。
　　皆、Q10を気にしている。
佐野「深井が何か言ったらしいよ」
吉永「何かって、何？」
滝「そりゃ、相当、ひどいこと？」
　　生徒たち、平太を見る。

＃22　校長室

　　岸本と柳、泣いているQ10に平太。
岸本「オレ、泣いてる女の子に弱いのよ。何とかしろよ」
平太「いや、だって、止め方がわからないんですよ。キュートに聞いても泣いてばっかりだし」

柳「人間と一緒じゃないかしら？」
平太「一緒って？」
柳「抱きしめて、頭、なでなで？」
平太「ああ（なるほどと頷いていてハッとなる）え？　それって、オレがやるの？」
柳「だって、キミが泣かしたんじゃない」
平太「ええッ？（困惑）」
岸本「早くやれよ。とにかく止めろ」
平太「（困惑）ここでぇ？　無理無理無理」

＃23　自転車置場

影山と河合。
影山「（愛獣の画像に念を入れている）オレは愛獣だぁッ！（ケータイをパタンと閉じて）おしッ！」
影山、意を決して河合に手をのばそうとして。
河合「（ぱっと振り向く）私さ、影山君と同じ大学行くことにした」
影山「ふーん、え？（思わず手を引っ込める）何で？」
河合「ダメ？」
影山「ダメって——そんなッ、もったいないじゃん」

河合「――」
影山「いや、だって、河合なら、もっとランク上でしょ。どこだって選び放題じゃん」
河合「でも、影山君のいない大学なんてイミないし」
影山「えーッ、でもぉ――」
河合「楽しいよ、きっと。同じ大学」
影山「いや、でも、オレ、責任取れないよ」
河合「(見る)」
影山「いや、だって、オレのせいで、いい大学行けるのに行けなかったなんてさ、後で言われてもさ」
河合「――言わないよ、そんなこと」
影山「いや、でもな――」
河合「メーワクだった?」
影山「あ、いやぁ」
河合「そっか、フタンなんだ」
影山「いや、そーゆー(意味じゃない)」
河合「だって、責任取れないって――」
影山「いや、だって――」
河合「(今にも泣きそうな顔で、影山を見つめる)」

影山「えー？」

＃24　廊下

泣いているQ10を連れてゆく平太。
皆が振り返って見てゆく。

平太「（もうイヤ）」

＃25　階段下

人けのない場所にQ10を連れてくる。
平太、Q10の涙を手で拭いてやる。
平太、Q10を抱こうとすると、コソコソ声が聞こえてくる。
「いやまだです」「なんだ、涙拭いてるだけか」
階段から柳と岸本がじっと見ているのに気づく。
ピュッと首を引っ込める柳と岸本。

平太「（もうッ！）」

＃26　踏切

泣くQ10の手を引いて渡ってゆく平太。

＃27　神社

木を相手に抱き方を練習している平太。

平太「おしッ（決意を持ってQ10の方へ振り返る）」

急ぎのサラリーマンがQ10にぶつかり、思わず抱きかかえる。

平太「あッ！」

サラリーマン「大丈夫？」

Q10が泣いているのに驚くサラリーマン。

ハンカチを出してきて渡したりしている。

Q10「大丈夫でがす」

サラリーマン「（平太に気づいて「あ、そーゆこと」と合点する）ダメだよぉ、こんな可愛い子泣かしちゃ（行く、が振り返って）この野郎、仲良くしろよぉ」

平太「（呆然と見送る。Q10に）もしかして、今ので泣きやんだ？」

Q10「（にっこり）ぱふッ！」

平太「うっそぉ〜〜ッ！　そんなぁ。（崩れる）うそだろう？　それは、つまり、オレじゃなくてもよかったってこと？」

Q10「そういう設定でがす」

平太「何なんだよぉ」

Q10「設定、変更しやすか？」
平太「もういいよ」
Q10「怒ってんですか？」
平太「怒ってねーよ」
Q10「若旦那」
平太「何だよ？」
Q10「きっすいの人間ですねぇ」
平太「――」

#28　道
平太、一人になっている。
平太「(何か、モヤモヤしているのか、いちゃつく男女を羨ましそうに見送ったりしている)」
いつの間にか、『愛獣』の前に。
平太「――」

#29　フラッシュ
ライオンの武広。

＃30　道

平太「――」
　平太『愛獣』の中を窺う。
　同じように中を窺う女性。
　よく見ると変装したほなみ。
平太「かーちゃん？」
ほなみ「！」
　逃げるほなみ。
平太「ちょっとぉ（と追いかける）」

＃31　喫茶店

　『愛獣』の前の喫茶店。
　お茶を飲む平太とほなみ。
ほなみ「（紅茶を飲んでいる）」
平太「知ってたんだ」
ほなみ「うん」
平太「（怒っている）とーちゃん、何であんな店に。最低だと思わない？　あ、もしかして常連？」
ほなみ「タケちゃん、あそこで働いてるのよ」
平太「へ？　働いてるの？」
ほなみ「（うん）」
平太「何で止めないの？　だって、（声小さく）愛獣だよ？」
ほなみ「どこで働いてるか、どーしても言わなくてさ」
平太「そりゃ、言えないよな」
ほなみ「うち、お金のこと、うまくいってなくてさ」
平太「！　――それは、オレの病院代とかのせい？」
ほなみ「それだけじゃないって。色々よ。私、パート出るって言ったんだけど、人付き合いが苦手じゃない？　タケちゃんが大丈夫、オレが何とかするって」
平太「――でも他にあるだろう？　働くとこ。何で愛獣――」
ほなみ「なりふりかまわないとこあるのよ、タケちゃんって」
平太「（見る）」
ほなみ「大事なもの守るためにはさ」
平太「――」
ほなみ「びっくりするぐらい、諦めないの――」

＃32　ほなみの回想

泣いているほなみ。
武広、飛び散ったガラスの破片を丁寧に集めている。
ほなみが投げたであろう数々の物が散乱している。

武広「(明るく) よかったよなぁ、ケガしなくて。うん、よかった、よかった」
ほなみ「(声) バラバラになりそうな時も、いつも小さなカケラ拾い集めて、元に戻すのに必死でさ——」

＃33　喫茶店

平太とほなみ。
『愛獣』から、『愛獣』と書いたエプロンをつけた武広が出てきてゴミを出している。
あわてて身をひそめる二人。

平太「(隠れつつ武広を見ている)」
ほなみ「私、信じる」
平太「(ほなみを見る)」
ほなみ「愛獣っていうのは、とっても気になるけどさ、私、タケちゃんのこと信じる」
平太「(武広を見る)」

#34　鹿浜橋高校・教室

朝。休み時間。

重松「(Q10に)昨日さ、何であんなに泣いてたの?」

Q10「若旦那が——」

小手川「若旦那?」

皆、平太を見る。

影山「(平太を指して)若旦那?」

Q10「若旦那が、ご無体なことを——」

伊坂「(平太を非難)若旦那ぁ」

影山「(平太に)ご無体したのか? お前?」

福島「やらしッ!」

平太「ちがッ!」

栗林「てごめだ! てごめ!」

平太「いや、何もしてないって」

宮沢「やるもんだねぇ、若旦那ぁ」

平太「マジ、何もしてないから」

Q10「若旦那は——」

皆、注目。

Q10「チョー人の情けのわからないお方です」

皆、平太を見る。

平太「いや、何で？　オレ、どーでもいいって言っただけじゃん」

影山「えー、お前なんか、どーでもいいって言ったの」

「そりゃダメだよ」の一斉非難。

平太「違う、違うって、何でそーなるんだよぉ！」

＃35　理科準備室

パソコンの前の柳。

やっぱり座らされている小川。

テストの採点をしている。

小川「（採点しながらブツブツ）何で、才色兼備が書けねーんだよ、もうッ！」

柳「才色兼備なんて言葉、今時、使わないんじゃないですか。これからは、サイエンス兼備ですよ」

小川「サイエンス兼備？」

柳「サイエンスにも強い理系の美女。私のことです」

小川「あぁ（採点に戻る）」

柳「（一区切りついて伸びをする）濃いシロップでも飲もう（中原中也の詩『秋日狂乱』）」
小川「（顔を上げる。嬉しい）それ、中原中也の詩ですか？」
柳「私、文系にも強いんです。何か、飲みます？」
　冷蔵庫的なものを開けて、物色する柳。
小川「はい（詩の続き）冷たくして、太いストローで飲もう」
　柳、飲み物的なものを小川に渡す。
　小川、受け取る。
小川・柳「（詩の続きを二人で暗唱する）とろとろと、脇見もしないで飲もう」
　小川、飲み物を飲み干す。
小川「（うっとなる）何ですか？　これ」
柳「モズクの炭酸割りです」
小川「えぇッ？」
柳「（詩の続きを力強く暗唱）何にも、何にも、求めまい！」

＃36　廊下
　気持ち悪くて、胸をさすっている小川。
　中尾、やってくる。

中尾「決めました」
小川「え？」
中尾「進路です。工学部に行きます」
小川「って、お前、理数、全然ダメじゃん」
中尾「今から理数だけにしぼって、がんばります」
小川「いや、今からって——お前さ、文系なら有名私立ねらえるだけの実力があるんだからさ、むしろそっちにしぼってだな——」
中尾「文系じゃダメなんです」
小川「何で？」
中尾「ロボットを作りたいんです」
小川「ロボット？（Q10のことがばれたのかとキョロキョロ）なんで、ロボット」
中尾「作りたいんです。涙を流すロボット」
小川「いや、でも——もう十一月だしなぁ」
中尾「人は、なれるものになるんじゃなくて、なりたいものになる——違いますか？」
小川「！」
中尾「ゴーモンされても変えませんから（行ってしまう）」
小川「——何なんだよぉ」

＃37　教室

放課後。
進路の紙を前にうんうん唸っている平太。
他に居残りさせられている影山、民子。
入ってきて見回す月子。

月子「ここにいるのは、進路を決められなくて、居残りさせられている人達？」
平太「（面白くない）そーだけど？」
影山「誰？」
月子「引きこもりの富士野月子です」
影山「あぁ――なんだ、もっと暗いヤツかと思ってた」
月子「自分の進路もなかなか決められないような？（笑う）」
影山「言っとくけど、オレはもう決まってるから。（ガーッと書き出す）」
平太「え？　うそぉ？」
影山、立ち上がって、帰り支度。
平太「本当に？　もう書いたの？（影山の進路の用紙を見る）」
影山「（隠す）ダメだって」
平太「いいじゃん。偏差値、同じようなもんなんだからさ」
影山「いや、それが――」

平太「（影山の進路を見て）お前こんな難しいとこ受けんの？」
影山「（思い詰めて）色々あってさ」
平太「いや、でも――」
影山「これしか道がないんだって（出てゆく）」
平太「（影山の後ろ姿に）何があったんだよ？」
民子も帰り支度。
平太「え？　山本、お前も？」
民子「こんなの、おかし過ぎる。今日中に、自分の人生決めろなんて（出てゆく）」
平太「（ま、そーなんだけど）」
後ろを見ると月子だけ。
月子「勢いで書く勇気もないし、出さずに帰るほどの根性もないし――」
平太「！」
月子「（不敵に笑う）」
平太、暗澹《あんたん》たる気持ちで進路の用紙の前に座る。

＃38　理科準備室
小川、鼻唄を歌いながら入ってくる。
小川「お待たせしましたッ！」

自分の座っていた椅子にゴムの木が置いてある。

小川「！」

柳「（小川に気づいて）あッ、小川先生。大発見です。いいですか？　ゴムの木でも、パソコンが動くんです。ほらッ（動かす）ねッ。もう小川先生に来てもらわなくても大丈夫です」

小川「あ――ゴムの木？」

柳、ゴムの木の角度に夢中。

小川、寂しく出てゆく。

＃39　廊下

窓の外を見ている小川。

小川「私はその日人生に、椅子を失くした（これも中原中也の詩『港市の秋』）――今日は残業だな」

＃40　病院・廊下

久保、エレベーターまで見舞いの友人達を見送っている。

ふざけて笑っている久保。

友人達「じゃあな」

久保「おう（手を上げる）」

　エレベーターの扉が閉まった途端、硬い表情になる久保。

　そんな様子を見ている民子。

久保「（民子を思い出して）あ、カツラの？」

民子「（え？）ああ（も思い出す）」

民子「今日はかぶってないんだ」

久保「アレ、学校用だから」

民子「——今日は診察？」

久保「お見舞い。友達の」

民子「あぁ」

久保「じゃあ（ギター持って立つ）」

民子「（民子が座っていた場所に紙が一枚）これ、違う？（進路の紙。見る）進路かぁ

　——オレも本当だったら三年なんだよなぁ（民子に渡す）」

民子「あ、それ、もういいや」

久保「いいやって、これ——提出するヤツだろ？」

民子「いいの」

久保「いや、だって」

民子「何書いてもウソになるんだもん」

久保「じゃあ、それ（ギター）書けば」
民子「ロック？（笑って）書けないよ。書けるわけないじゃん、そんなこと」
久保「どーして？」
民子「担任、困るでしょ？　――私だってなれると思ってないし。でもテキトーになんて書けないし」
久保「どーせ、本当のことなんか、わかってもらえないよなぁ」
民子「（見る）」
久保「焦ってるとか、悔しいとか、この先どーなってしまうんだろうかとか。思ってること吐き出したいけど、言われた方も困るしさ。こっちは別に同情されたくて、言ってるわけじゃないのにさ。大丈夫だよとか、何の根拠もなく励まされてさ。オレの方もさ、ありがとう頑張るよって、何をどう頑張ればいいのか、全然わかんないのに、とりあえず言ったりしてさ――うっとおしいよなぁ」
民子「――そんなふうに本当のこと歌うのが」
久保「（見る）」
民子「ロックだよ」
久保「！　――今日もやるの？」
民子「うん」
久保「歌ってるとこ見たいな」

民子「みんな、下手っぴぃだよ」
久保「今から一緒について行っていい？」
民子「出かけていいの？」
久保「ちょっとだけ。ばれないよ。タクシーで行って、タクシーで帰るから」
民子「――私は、いいけど」
久保「ちょっと待ってて、オレ、着替えてくるから」
　久保、自分の部屋へゆく。
久保「すぐ、戻ってくるから」
民子「――」

＃41　トイレ
　手を洗っている民子。
　看護師が、汚物を洗っている。
　よく見ると泣いている。
民子「！」
　別の看護師、顔を出して。
看護師「（明るく）患者さん待ってってくれないよ」
看護師「はいッ！（顔をゴシゴシ拭いて、あわてて出てゆく）」

民子「――」

＃42　廊下

働く看護師や医師とすれ違う民子。

医師「（サンダルでパタパタ歩きながら）いいよオレ行くから。（看護師に）誰か石田《いしだ》さんの方、お願い」

看護師「私、行きます（駆けてゆく）」

師長「普通より丁寧にね。今、ナーバスになってるから」

看護師「（師長に）山内《やまうち》さんの手、パンパンで、もれてるみたいなんです、点滴」

師長「しょうがないな。長崎《ながさき》先生に頼もうか?」

民子「（見ている）」

＃43　病院・外

抜け出す久保と民子。

久保「（息が白いのも楽しい。民子に笑いかける）」

民子「（も笑うが、浮かない顔）」

久保「どうかしたの?」

民子「いいのかな」

民子「どーせ、本当のことなんか、誰にもわかってもらえないって言ったけど——そんなことないかも」
久保「——何が？」
久保「（見る）」
民子「今も、久保君のこと、真剣に考えてくれてる人、いるんだよね」
久保「え？　——誰のこと？」
民子「（病院を見上げる）ここで働いている人」
久保「！」
民子「みんなさ、患者さんのことだけ考えて動いてるんだよ」
久保「——」
民子「けっこう、みんな、大人なのに熱くてさ——」
久保「（も見上げている。窓にチラチラ働く人影）」
民子「あんなに一生懸命な人達の前で、どーせ、とか言える？」
久保「——」
民子「（久保をまっすぐ見て）裏切ったり、できる？」
久保「——」
民子「私、できないなぁ——できないよ」
久保「——」

＃44　鹿浜橋高校・理科準備室
　一人、仕事をしている柳。
柳「あッ！　すごいダジャレ思いついたかも（嬉しい）小川先生（振り向くと、ゴムの木が座っている）そっか――いないのかぁ。（つまんない）言いたいなぁ。言いたいッ！　あーッ誰かに言いたいよぉッ！」

＃45　盛り場
　座り込んでいる藤丘の弟の勇人《はやと》。
　あきらかにパチモノの『ルナちゃんグッズ』を売っている。（軍手の人形とか、できれば廃材みたいな物の自作品。でも、それなりに良く出来ている）
勇人「（小さい声で）ルナちゃんグッズ――（声、消え入る）」
　じっと見ているQ10。
Q10「そこの若けぇの、そんなに小せえ声じゃ売れねーよ」
勇人「！」
Q10「ちょっと、そこのお兄さん、買っておやんなさいよぉ」
　酔っぱらいのサラリーマン。
サラリーマン「あん？　あーッ！　ルナちゃんに似てない？」

Q10、ルナちゃんの決めポーズをしてみせる。

サラリーマン「(喜ぶ) ルナちゃんだぁッ! 何? グッズ? (グッズ見て、ゲラゲラ笑う) びみょ~、ルナちゃんびみょ~。目、寄り過ぎ~。メタボだし~~、ひひひひ、何か笑えるし~ (財布出してくる。他のも見てはヒヒヒと笑う)」

勇人「!」

Q10「待ってな、買ってくれそうなヤツ、連れてくるからよ」

×　×　×

中尾、『ルナちゃんグッズ』をどんどん箱に入れてゆく。(結局全部)

中尾「(勇人に) いいよ、これ。下手だけど、はずしてない。これ、全部 (買います)」

Q10、箱の中から二つ抜いて、勇人に渡す。

Q10「二つぐらいは、自分で売りな。売れるよな」

勇人「(コクン)」

中尾、お金を払う。

袖をまくったQ10の腕が裂けている。

その傷がたるんで中の機械がチラッと見える。

中尾「! (Q10を見る)」

Q10、おつりを渡す。

中尾、箱を抱えたまま後ずさり、そのままダッと帰ってゆく。

Q10「兄さん、ありがとよ」

#46 藤丘家・リビング

帰ってくる藤丘。

岸本がタスキとハチマキで掃除している。

藤丘「！」

岸本「おう、遅いなぁ、何してたんだよ？」

藤丘「な、何で？」

岸本「進路、どーするのかなぁって（座る）」

藤丘「どうって（も座る）どーせ、卒業証書もらえないんでしょ？　オレ」

岸本「証書？　うん、渡すよ。渡すんだけどぉ、皆と違うんだよ。卒業証書ってとこを印刷ミスみたいに模様重ねて、わざと読みにくくしてんだよなぁ。授業料払ってないっていうだけでさ、セコいだろ？　セコいよなぁ」

藤丘「いいっすよ、別に卒業証書なんて」

Q10と勇人、「ただいま」と帰ってくる。

藤丘「どこ行ってたんだよ、こんな遅く――（Q10を見て、え？　となる）」

勇人「お兄ちゃんだって、いつも――」

岸本「そういや、お父さん、お母さんも遅いね？」

勇人「最近は帰ってこない方が多いかも」
岸本「そっか」
藤丘「離婚とか、言ってる」
岸本「離婚かぁ——そっかぁ——そうだ、カレー食うか？　オレ作ったんだ（立つ）」
藤丘「先生、もういいです。来てもらっても、どうすることもできないし。うちはもう、どーせ何したって無駄なんです」
岸本、カレー温める。
岸本「でもよ、手放してしまったら、おしまいだぞ」
藤丘「（見る）」
岸本「（カレー混ぜたりしている）オレ、子供ン時、好きな女の子がいたんだけどさ、うち、貧乏で、あんパンも食ったことなくて、友達も、その女の子が好きだったんだろうな、お前、あの子と絶交しろって、そしたらあんパン食わしてやるって言われてさ」

＃47　イメージ
子供の岸本。
夢中であんパンを食べている。
岸本「（声）オレさ、あんパンの方取っちゃったのよ。甘くてさ、ふわふわで、こんなに旨いもんが世の中にあるのかと思った」

#48　藤丘家・リビング

台所の岸本。

岸本「その後、約束だから、その子とずっと口きかなくて、そのうち働いて自分であんパン買えるようになった頃、その子、車の事故で亡くなったって聞いてさ」

藤丘「――」

藤丘の弟、眠い。

Q10、寝床を作ってやる。

#49　イメージ

青年の岸本。

山のようなあんパンを前に、パンをくわえたまま泣いている。

岸本「オレ、やけになって、あんパン山のように買い込んで、食べようと思ったら、これが食えないの。涙ばっかり出て、口に入れても飲み込めなくてさ。オレ、あれ以来、あんパン食えないんだ」

＃50　藤丘家・リビング

岸本と藤丘。

岸本「今だったら何だってするのになって思う。なくなってしまうってわかってたら、何だってできたのにって」
藤丘「――」
岸本「どうせとか、言うなよ」
藤丘「（顔を上げる）」
岸本「とりあえず、やれることをやろうじゃない」
藤丘「やれることって――」
岸本「まずは（汚れきった部屋を見回して）お父さん、お母さんが帰って来たくなるように片づけよう」
藤丘「――」
岸本「グラスとかもピカピカにしてさ。汚れた服は洗濯して、きちんとたたんで」
カレー、出来上がって、藤丘の前に置く。
岸本「笑ってお帰りって言って、あったかい食べ物を出してあげて」
藤丘「（カレー見ている）――そんなことで」
岸本「そーだよ、そんなことで、人の心はつなぎとめられるんだよぉ」
藤丘「――（カレーを食べる。アレこの味？　となる。机の上に藤丘の母親が作った料理のレシピのノートがあるのに気づく)」
岸本「お前のお母さんが、ずっとしてくれてたことだよ」
藤丘「――」
　眠っている勇人、片手に『ルナちゃんグッズ』、片手はQ10の手を握っている。
　Q10、勇人の布団をトントンと叩いてやっている。

#51　鹿浜橋高校・教室
　外は暗くなっている。
　平太と月子だけが残っている。
平太「もう、考えたって結論なんか出ないって。永遠に終わらないよ、こんなの」
月子「永遠なんてないよ」
平太「(見る)」
月子「この世界に永遠はない。いずれ宇宙は終わる」
平太「宇宙って、終わりがあるの?」
月子「宇宙には暗黒物質が23パーセント、暗黒エネルギーが73パーセント」
平太「何だよ、それ。ほとんど暗黒じゃん」
月子「私達が物質と呼んでる物はわずかに4パーセント。残念なことに、時間とともに暗黒エネルギーは増えていくの」

平太「増えるとどーなるの？」
月子「物質が引き裂かれる」
平太「引き裂かれる？」
月子「全ての分子が引き裂かれて、素粒子になってしまう」
平太「素粒子？　――どういうこと？」
月子「机、黒板、窓――」

＃52　校内
月子「（声）廊下、中庭、運動場、芝生、花、雲――」

＃53　教室
　平太と月子。
月子「私、あなた――今は暗黒エネルギーの量がちょうどよくて、たまたまこうやって形になっているだけなのよ。暗黒エネルギーが増えると、こんなふうにまとまった形でいられない。引き裂かれて小さな小さな素粒子になってしまうの」
平太「その暗黒ナントカが増えると、つまり地球がチリみたいになってしまうってこと？」
月子「その前に、太陽系が崩れてゆくんじゃないかな。外にある惑星から順に、次々と軌道から飛び出していって――」
平太「太陽も？」
月子「もちろん、太陽も引き裂かれる」
平太「そんなぁ」
月子「まぁ、一千億年ほど先の話だけどね」
平太「ああ――（でも、ちょっとショック）」
月子「二〇一六年に、このことが証明されて、二〇二五年に、国語の教科書から永遠という言葉が消される――そして、私達は永遠というコトバを失う」
平太「――」
月子「わかる？ 永遠は、ないの」
平太「――」
月子「いつかは、全部終わるの」
平太「――」

＃54 会議室

民子、入ってくる。

小川「何だ、帰ったんじゃないのか？」
民子「（進路の紙を渡す）」

『ナース』と書いてある。

小川「（びっくり）ナースって——お前、看護師になるの？」
民子「それは、私が将来つくるロックグループの名前です」
小川「あーなるほどぉ（ハッとなって）えッ？　——ってことはロック歌手になりたいってこと？」
民子「はい」
小川「えぇ？　えーッ！（頭を抱える）ロック歌手って——まいったなぁ」
民子「——（やっぱりね、という顔）」
小川「しょーがねーな。オレの友達に、そっち系の仕事のヤツいるから、ちょっと聞いてみるわ」
民子「！」
小川「どーした？」
民子「どーせって、思ってました」
小川「どーせ？」
民子「どーせ、笑われるだけだって」
小川「人は、なれるものになるんじゃなくて、なりたいものになる」
民子「誰の言葉ですか？」
小川「ん？　中尾」

#55　深井家・リビング

家族そろって夕食を食べている。
いつも通りの家族の風景。

平太「(食べながらほなみと武広を見ている)」
千秋、マヨネーズを使っている。

武広「ん、オレもオレも」

ほなみ「ん(マヨネーズを渡す)」

武広「真似ヨーズ。わかる？　今のシャレだからね。マヨネーズ、真似ヨーズ(マヨネーズを料理にかける)」

千秋「やばいよ、それ。カロリー」

武広「いいよ、少しぐらい」
平太、家の中を見回す。
ベランダには、武広が作った物。
ほなみが育てている植物。
家族で集めてきた、あるいはお土産にもらったであろう細々とした物達。

平太「(箸を置く)」

武広「どうした？」

平太「宇宙って、終わるんだって」
武広「へ？」
平太「ここにあるの、全部、引き裂かれて素粒子になるって」
武広「お前、大丈夫か？」
　平太、何だかじっとしてられなくて、立ち上がって出てゆく。
ほなみ「ちょっと、どこ行くの？」
武広「（茶碗持ったまま立ち上がって）おい、メシは？」

＃56　夜道
　走っている平太。
　目に飛び込んでくる店、標識、電信柱、猫。

＃57　小川自転車店・外観
　入ってゆく平太。

＃58　小川家・居間
　小川の子供時代の写真を見ているしげ。
しげ「まぁ、かわいいことッ！　あの子のピークは、小五だったんだわ。（どんどんめくって）あーダメダメ。後は下る一方だわ」
「すみません」と入ってくる平太。
平太「キュートは？」
しげ「ん？　散歩――なんか落語に出てくる風景に似たとこ、教えてくれって。知ってる？『唐茄子屋《とうなすや》』って。若旦那が心いれかえて、ちゃんとした人になる話」
平太「どこですか、そこ？」

＃59　野原

野原があって、遠くに家の明かりがチラチラ見えている。（落語では一面の田んぼで、その向こうに吉原の廓《くるわ》の明かりがチラチラ見える、という設定です）
そこに立つQ10。
やってくる平太。
平太「キュート、大変だ」
Q10「（振り返る）」
平太「（息を切らしている）米ツブだけじゃなくて、おてんとう様もついてこなくなるらしい」
Q10「――」
平太「おてんとう様だけじゃなく、何もかも、チリみたいになってしまうんだって。よく判らないけど、オレもキュートも宇宙に4パーセントしかない物質でできていて、今はたまたま、こうやって形になっているけれど、暗黒エネルギーっていうのがあって、これが――（声が次第に消えて）」

平太「（モノローグ）今わかった。この世のほとんどは――」

＃60　図書館

影山が河合に勉強を教えてもらっている。
ため息つく河合に、ぺこぺこする影山。

平太「（モノローグ）どーでもいいことと」

＃61　深井家・リビング

ほなみ、写真のアナウンサーの顔の上に、武広の顔写真を貼りつけて、ちょっと離して見たりしている。

平太「（モノローグ）どーにもならないことで出来ている」

＃62　病院・久保の部屋

夜、見回ってくる看護師に、背中をさすってもらっている久保。

久保「（苦しい）――」

平太「（モノローグ）それは、オレ達が『どーせ』とか言ってるうちに」

＃63　公園

平太「（モノローグ）どんどん膨らんでいって」

　夜の公園で、ルナちゃん人形が入った箱を抱えたまま硬直している中尾。

＃64　藤丘家・リビング

　藤丘と勇人、掃除をしている。

平太「（モノローグ）ありとあらゆるものを、バラバラにしてしまう」

＃65　野原

　平太とQ10。

平太「（モノローグ）だから、大切なものは、心から大切だと思うものは――」

　平太、Q10を抱きしめる。

平太「（モノローグ）散り散りにならないよう、しっかりと抱きしめて――二度となくさないよう努力して――いつかは、なくなると判っているけど、努力して――」

Q10「若旦那」

平太「ん？」

Q10「心を入れかえたんですか?」
平太「うん、入れかえた——もう、どーでもいい、とか言わない」
　平太、とても大事な物を抱くようにQ10を抱きしめている。
　風で揺れる草や木々。
　遠くに見える街の明かり。
平太「(モノローグ)オレは今、宇宙の4パーセントを抱きしめている」

#66　小川家・居間

　月子、Q10の充電器にカードのようなものを差し込んでいる。
　しげ、お茶を持って入ってくる。
　月子、何事もなかったように笑顔。
しげ「ごめんなさいね。まだ帰ってこなくて」
月子「あ、おかまいなく。私、また出直してきます」
しげ「ご近所?」
月子「(にっこり)はい」

#67　店『愛獣』・外

　柳、何のためらいもなく入ってゆく。

#68　店内

柳、顔を覗かせて。

柳「あのー、ここゴハン食べれます?」

武広「あー、焼きうどんとかしか出来ないんですけど」

柳「大《ダイ》OKです。(入る)」

漫画が置いてある普通の喫茶店のような店。

柳、漫画ペラペラめくったりしている。

武広、うどんを焼いている。

#69　夜道

平太とQ10、歩いている。

平太「(モノローグ)先生、決めました。オレ、この大事な4パーセントを抱きしめて、これから生きてゆきます」

Q10

第5話

＃1　小川家・庭

Q10の裂けた腕を自転車の道具を使って修理しているしげ。
小川、覗き込んで。

小川「（見て）何してんの？」
しげ「（顔上げずに）ん？　修理」
小川「修理って、ロボットのぉ？　ちょっと、やめてよ。そんな勝手なこと」
しげ「（キッと見て）あんた、私を誰だと思ってるの？」
小川「（見て）NASAの人には見えないよ」
しげ「（器用な手つきで磨いている）わたしゃ、自転車屋だよ」
小川「だから？」
しげ「何年、パンクの修理をしてきたと思ってんの」
小川「パンクって――（しげがQ10の腕に何やら貼りつけるのを見て）あ～ッ（そんなの貼って大丈夫なのかよ）」
しげ「うるさいねぇ。だから、長年、自転車屋、やってんだから大丈夫だって。（小川を見上げて）あんた何よ」
小川「何って――高校教師ですけど」
しげ「怪しいもんだ」
小川「何言ってんの。どこが？　どうして？」

しげ「本当に人さまを教えてんだか、どーだか」
小川「やってますよぉ」
しげ「そんな短い手で」
小川「どーゆー意味だよ！」
Q10「私は何ですか？」
　突然のQ10の言葉に、小川としげ、顔を見合わせる。
Q10「（しげを指して）自転車屋（小川を指して）高校教師――（自分を指さし首を傾ける）」
しげ「そりゃ、ロボットなんじゃないの？（小川に）ね」
Q10「ぱふ（片手を突き上げて叫ぶ）私はロボットなりッ！」
小川「いや、ちょっと待って。それ、大声、ダメ。人前では一応女子高生だから」
Q10「でも（叫ぶ）ロボット――」
小川「いや、だから、そーなんだけど」
しげ「女子高生は世を忍ぶ仮の姿」
小川「そう、それ。あくまでも表向きは女子高生」
Q10「私は、女子高生なり」
しげ「違う違う。女子高生はこうよ。（やって見せる）う～ん私、女子高生なんだもんッ！」

小川「(イヤそうに見て) それは、古いわ」

#2　鹿浜橋高校・中庭

女子高生が三人ほど、もじもじしている。
その前に平太。
遠くから、じっと観察しているQ10。
うちの一人が平太に告っているのだ。
以下、Q10の視線から見た女子高生と平太。

マミ「(何やら可愛げな包みを差し出して) マミぃ、一生懸命作りました。食べてくれるカナ?」

後の二人「(同時に) カナ?」

平太、平静をよそおいながら受け取る。

#3　トイレ

平太、マミの包みを開くと女の子 (自分?) の姿のクッキー。
足をかじって、照れてしまう平太。
マミの手紙を開く。

平太「おっとぉ〜、女子高生だぜ」

ふと、振り返るとQ10が立っている。

平太「！（反射的に手紙を隠してしまう）――な、何？」
Q10「キュートは、女子高生ですカナ？」
平太「おう、そーなんじゃないの？」
Q10「どこがカナ？」
平太「どこって、制服着てるし」
Q10「制服を脱ぐと、私、何カナ？」
平太「それは――ロボットなんじゃないの」
Q10「それは、人には言えないんダヨ？　だったら、私は何カナ？　カナ？　カナ？」

＃4　廊下

クッキーくわえて歩いている平太。
誰かが行く手をさえぎる。
中尾。

中尾「（思い詰めて）見たんだけど」
平太「え（クッキーを見て告白のことかと思う）あ、あれ？　いやあれは、告るとか、そーゆーんじゃなくて――」
中尾「じゃなくて、キュート」

平太「キュート?」

中尾「腕の皮膚が破れてて、その下に機械みたいなのがあった」

平太「!（息を呑む）」

中尾「ロボットなんだろ?」

平太「（あわてて辺りを見回す）」

中尾「やっぱり、そーなんだ?」

平太「（あわてる）じゃなくて――」

中尾「秘密なんだ?」

平太「（思わず）うん――（あ、いやいや違う）」

中尾「わかった。誰にも言わない」

平太「（ほんと?）」

中尾「だからキュート、オレにくれない?」

平太「え? くれないって――んなこと言われても。（中尾の真剣な目を見て）だいたい、オレのもんじゃないし」

中尾「そーなの?」

平太「そーだよ。オレ、関係ないし」

中尾「じゃあ、オレ、もらうね」

平太「!」

中尾、行ってしまう。

平太「もらうって――」

Q10「(声) 若旦那、ピンチです」

＃5　校長室

なぜか、平太、岸本、柳、小川、Q10の五人でトランプをしている。
平太はQ10と組んで教えながらやっている。

平太「(Q10に) ピンチとか口に出したらダメなの。こーゆー時は、ポーカーフェイス」

岸本「(Q10に) 言われなくたってポーカーフェイスだよねぇ」

柳「しかし、中尾君にばれていたとはね」

岸本「そこまで見られたんじゃ、中尾君の言い分を呑むしかないよなぁ」

平太「え?」

小川「っていうか、それしかないっしょ」

柳「自分のものになったら、誰にも言わないって言ってるンだしね」

平太「ちょっと待って!」

みんな、平太を「ん?」と見る。

平太「それは、つまり、リセットボタンを押すってこと?」

柳「そう。で、中尾君にあらためて奥歯のスイッチ入れてもらえばいいんじゃない?」

平太「いや、だって、人生にリセットボタンはない、みたいなこと（言ったじゃないですか）」
小川「大人にはね、目をつぶらなきゃなんない時もあるのよ」
柳「（しみじみ）うん、ある」
岸本「（ウンウン）あるある」
平太「いや、だって、それじゃあ、今まで覚えたこと、どーなるんです？　消えてしまうじゃないですか？」
柳「そういうことは、バックアップとっておけんじゃないのかな？（Q10に）ねぇ、残せるよねメモリ」
Q10「ぱふ」
平太「ぱふって！」
岸本「問題ないんじゃないの？（平太に）長い間、世話かけてわるかったな」
平太「いや、でも――」
岸本「それで、まるく収まるんならさ。なッ、いいよな？」
平太「いやぁ」
小川「あ、お前、ずっと自分のものにしときたいのか？」
平太「何言ってるんですか、そんなッ」
柳「無理しちゃって」

平太「無理なんかしてないっすよ。いいですよ。じゃあ中尾に」

＃6　校門

夕暮れ。

平太「（モノローグ）取り返しのつかないことを言ってしまったような気がする」

どこからか吹奏楽部の練習の音が、たよりなく風に乗って聞こえてくる。

平太とQ10、歩いている。

どんどん歩いてゆくQ10。その後ろ姿。

平太「（モノローグ）でも、あんな場面で、ぐずぐず言うのはあまりにも子供っぽくて、かっこ悪くて――」

平太「（つぶやき）そーだよな。オレじゃなくても、よかったんだよな」

Q10「（振り返る）何がカナ？」

平太「キュートのスイッチ。オレ、たまたま押しただけなんだもんな」

Q10「でも、平太が押した」

平太「（Q10を見る）」

Q10「で、平太と会った」

平太「――」

Q10「で、ここを歩いている」

平太「――」
Q10「ちがうカナ？　カナ？」
平太「――」
歩きだすQ10。
平太「(モノローグ) 失いたくないと思った。夕焼けも、キュートのちょっとダサい制服も、そのヘンなしゃべり方も、どこからか聞こえてくる吹奏楽部の音も」
Q10の頭に葉っぱがついている。
平太、取ってやる。
平太、Q10の肩を叩いて、振り向いたQ10の頬に人指し指を押しつける。
Q10「それは、何の意味があるのカナ？」
平太「いや、冗談だよ」
Q10「冗談」
平太「だから、遊びっていうか――あーめんどくせえ」
平太「(モノローグ) 今、偶然ここにある何もかもを、失いたくないと思った」
平太の手に葉っぱ。
坂を下りてゆく二人。
タイトル『Q10』

＃7　飲食店『愛獣』

焼きうどんを食べている岸本と柳。
岸本、散歩中だったのかチロちゃんを連れている。
バイトの武広。

柳「そーだ（何やら瓶を出してきて置く）」
岸本「何、これ？」
瓶には『獅子のごとく』のラベル。
柳「友達に頼まれて、試作品なんですけど」
岸本「（振ったり、匂ったり）香水？」
柳「愛犬用の香水です」
岸本「犬用なの？」
柳「なんか、最近、草食系の犬が増えているらしくて」
武広「へぇ、犬まで？」
柳「本来の野獣らしさを取り戻したいっていう飼い主さんがいるんですよ」
岸本「へぇ（興味津々。ちょっと試そうとするが、自分にドバッとかかってしまう）う
わわわッ！」
あわてる三人。

匂いにむせたりしている。
チロちゃん、吠える。
岸本「うん？　どーした？（近づくと逃げる）チロちゃん？　なんで逃げるの？　ちょっとぉ」
武広「ほら、かけすぎちゃったから」
柳「先生のこと、野獣だと思ってるんですよ」
岸本「オレ、野獣なの？」
誰かが入ってきてチロちゃん、逃げてゆく。
岸本「チロちゃん！　お父ちゃまだよ？　チロちゃん！（追う）」

＃8　小川家・居間
しげ、墨で『出血大サービス』と書いている。
しげ「（小川に）どーよ、これ。ちょっとぉ」
小川、うつ伏せになって爆睡。
しげ「（つまんない）もうッ」
しげ、小川の背中を叩く。
小川「（寝言）オレは高校教師だッ！」
しげ「（次のを書いている）あーそうですか」

＃9　鹿浜橋高校・外観（朝）

＃10　中庭

岸本、チロちゃんを捜している。

岸本「チロちゃん！（自分の匂いをかいでゲンナリ）誤解だよ。オレのどこが野獣よ」

チロちゃんを抱いたQ10、やって来る。

岸本「あー、居た？　よかったぁ（チロちゃん受け取る）よくわかったね」

Q10「心臓の音でわかりましたダヨ？」

岸本「心臓の音？」

Q10「心臓の音は、一人一人違うのダヨ？」

岸本「そんなことで、識別してるの？」

Q10「ぱふ」

岸本「すごいね。今度聞かせてよ、それ」

Q10「（コックリ）」

＃11　教室

Q10、CDに『深井平太の音』と書いている。

民子、それを見て。
民子「深井平太の音？　何、これ？」
Q10「（山本民子の音のCDを見せる）」
民子「私の音？」
Q10「（コックリ）」

＃12　廊下

もらったCDを持って歩いている民子。
すれ違いざまに聞こえてくる噂話。
生徒「あの子だよ、ネットで赤目って呼ばれてる子」
生徒「アカメって、赤髪じゃなかった？」
生徒「カツラだよ、カツラ」
民子「――」

＃13　視聴覚室

民子、パソコンを見ている。
自分の噂。
『ウリしてるって』『めちゃ安いらしい』『ヤリすぎで病気持ち』『赤目のアソコ

見たヤツが言うには』

民子「！」

＃14　廊下

歩く民子。

他の生徒たちが、自分を見ているような、無視しているような——不安いっぱいの民子。

＃15　屋上

平太とQ10、中尾。

中尾「（興奮）マニュアルとかは？」

平太「ないよ、んなもん」

中尾「ないの？　どーしてるの？」

平太「まぁ本人に聞いたり、いろいろ」

中尾「おーおー（なるほど）」

平太「背中にコンセントあるから。充電できるようになってる」

中尾「まじぃ？　まじぃ？　まじぃ？」

平太「一回で大体、十七時間ぐらいもつかな。でも突然切れることもあるから、そん時はかついで帰る」
中尾「(あわててメモ) かついで帰る」
平太「オレが知ってるの、そんなもんかな――」
中尾「起動スイッチは?」
平太「!」

16 フラッシュ

Q10が平太を認証した時のこと。

17 屋上

平太「ああ、スイッチね――」

Q10が平太を見ている。

平太「(目をそむけて事務的に) 奥歯――リセットボタンは左の奥歯。よろしく」

平太、言ってしまうとさっさと教室へ戻ってゆく。

中尾「(興奮) オクバ? オクバなのか! オクバって、どーゆーことなんだ? なんで? オクバ?」

平太、振り返らず、どんどん歩いてゆく。

扉を閉める時、チラッと後ろに、忠犬のように平太をじっと見ているQ10が見える。

＃18　階段

下りてくる平太。
心臓ではなくココロが苦しく、平太、くの字になる。
やってくる柳。

柳「（覗き込んで）大丈夫？」
平太「（笑って）今、中尾に、キュートの引き継ぎ。業務完了です（なおも笑おうとするが、どうしても笑えない）」
柳「――ポーカーフェイス、できてないよ」
平太「――」
柳「イヤなことはイヤって言えば？」
平太「言えないでしょ？　キュートのことばらされたら、とんでもないことになるだろうし――だったら、オレさえ我慢したら、それでうまくゆくんだし――だって、教授がそう言ったんじゃないですか」
柳「そりゃ言うわよ、それが私の立場なんだもん」
平太「――」
柳「でも、君の立っているところは、私とは別のところ」

平太「——」
柳「同じところに立つ必要はない」
平太「——教授の立ってるとこって、どこですか？」
柳「う〜ん、真実の究明かな。そのためなら何だってやる」
平太「何だってやる？」
　中尾とQ10が下りてくる。
平太「（目をそらす。見たくなく。行こうとする）」
中尾「おい、深井」
平太「（振り返らずに）何だよ」
中尾「お前じゃないと、リセットできないって」
平太「（見る。中尾の後ろにいるQ10）」
中尾「ン〜〜ッ！　ね、はやく、リセットしてよ」
平太「わかったよ（手をのばしてリセットしようとする）」
　おとなしく口を開けているQ10。
平太「（そのままの恰好でQ10を見つめたまま、柳に）オレ、どこに立てばいいんですか？」
柳「（下りてゆきながら）それは自分で決めてよし！」
平太「！（柳を見る。意を決してQ10の口を閉じる）」

中尾「?」
平太「(キッパリ)キュートは、やらない」
中尾「なッ、なんでぇ?」
　平太、Q10を連れて下りてゆく。
中尾「なんでだよぉ?　約束と違うじゃないか。ネットで言いふらすぞ。深井の恋人は人形だって!」
　平太、振り返る。
平太「(強く)言えよ」
　下りてゆく平太とQ10。
中尾「なっ!　――ばっぱらすからな!　ウソじゃないぞ、本気だぞ!　ン〜〜ッ!本気だぞッ!」

#19　中庭
　一転、頭を抱えている平太。
　その側にQ10。
平太「どうしよう、オレ。中尾、本気だ。どーしよう。オレ、バカだなぁ、ほんとバカだ」
Q10「大丈夫です」

平太「大丈夫じゃない。噂はすぐに広まるんだよ。ある日、みんな話しかけてこなくなって——」

＃20　教室

休み時間。
いつも通りに寝ているような民子。
でも、目は人の顔色を窺っている。

平太「(声) オレはここにいないことになっちゃうんだよ」

＃21　中庭

平太とQ10。

平太「たぶん、カンペキ、いなくなる。時間の問題」
Q10「でも、ヘイタはここにいる」
Q10、自分の体にイヤホンを装着して、そのイヤホンを平太の耳につける。
平太「何?」
Q10「平太の音です」
ドクンドクンという心音。
平太「オレの音?」

Q10「平太の心臓の音です」
平太「――」
Q10「平太はここにいます」
平太「――」
Q10「誰が何と言おうと、平太はここにいます」
平太「――」

＃22　理科準備室

柳、何やら探している。

小川「いいですよぉ、単なる寝冷えですって」

柳、埃のかぶった聴診器を発見。

柳「（聴診器を手で温めている）私を誰だと思ってるんです？」
小川「だって、医者じゃないでしょ？」
柳「医療モノのマンガは全て読破してます（小川の顔に近づいてジッと見る）」
小川「！」
柳「唇の色、よしッと（胸に聴診器を当てる）はい息吸って。（聴いている）ん、ゼーゼーいってない」
小川「本当にわかるんですか？」

柳「大丈夫だって。はい、背中」
　小川の背中をめくると『オレは高校教師だ』と墨で黒々と書かれている。
小川「ほぉ（と見ている）」
柳「どうしました？」
小川「あ、いや――見とれちゃって」
柳「え？（ドギマギ）見とれてるって――」
小川「先生の背中、ぐっときました」
柳「うそぉ？　本当に？　うそでしょう」
小川「写真いいですか？」
柳「いや、いいけど。ええ？　え？（と自分で考えうる限りの男っぽい横顔を作って）」
　柳、携帯で小川の背中を撮る。
小川「（撮ったのを見て）いいですよ、これ」
柳「（照れている）やっぱ、男は背中カナ？　カナ？　カナ？」

＃23　教室
　河合と話している女子生徒たち。
重松「ねぇねぇ、影山、カナダ行くって本当？」

河合「！」
岡崎「何しに？　ナンパ？」
小手川「やめなよ、河合さんの前で」
重松「（河合に）で、何しに行くの？　影山」
河合「（笑っている）」

＃24　自転車置場

影山、河合に気づいて手を振る。

影山「おうッ！」
河合「（そのまま行ってしまう）」
影山「何？　どーした？」
河合「ひどすぎるよ。ひどい。ほんとひどい」
影山「な、何の話？」
河合「カナダ、行くって」
影山「（ドギマギ）ああ——アレな」
河合「ほら、行くンだ。旅行っていったって、一週間とかでも離れるわけだからさ、まず私に相談——」
影山「あ、いやぁ——もっと長いかも」

河合「一週間より長いの？」
影山「いやだから、それ高校出たらの話だから。知り合いが映像の仕事してて、そこで手伝わないかって」
河合「大学は？　一緒の大学行くって——」
影山「なんだけどぉ——ごめん。ごめんね。でも、オレ、やりたいんだよな」
河合「——影山君と会う前に、戻りたい」
影山「？」
河合「期待も希望も、何にもなかった昔なら、平気だったのに。私、こんなこと言われても、全然、平気だったのに」
影山「——」
河合「ずっと、そんなふうに傷つかないように用心深く生きてきたのにぃ」
影山「——」
河合「バチ当たったんだ。ブスなのに調子こいたから、私」
影山「何で、そっちに行く？　全然ブスじゃないじゃん」
河合「ほら、そうやって信用させといて、ドブに叩き落とすんでしょう」
影山「何言ってるの？　意味わかんねーよ」
河合「（不安になる）怒らないでよ」
影山「怒ってないじゃん」

河合「(全てが不安) 怒ってるじゃん」
影山「もうッ (どうすればいいのかわからない)」
河合「あ、今、私のことめんどくさいと思った?」
影山「思ってないって (うわぁッ、これってキリないじゃん)」
　河合、影山の制服の端を握りしめている。
影山「――」

#25　理科準備室

　柳、仕事に没頭している。その横にQ10。
柳「(仕事をしながら) ポーカーフェイス、ヤなの?」
Q10「(コックリ)」
柳「どーして? そのままでも充分かわいいよ」
Q10「人を元気にできませんダヨ?」
柳「(見る) 人を元気にしたいんだ?」
Q10「ぱふ」
柳「って言われてもなぁ――あッ、できるかも? (何やら部屋の中をアチコチ探し出す。何かを見つける。嬉しい) できるかもよ」

＃26　鉄塔の下

座っている平太とQ10。

Q10「平太は悩んでる」
平太「(ちょっと、うっとおしい) まぁね」
Q10「そういう時は、一緒に落ち込むんダヨ」
平太「(つぶやき) 一緒にって——ロボットじゃ——」

Q10、紙袋から何やら出してくる。

Q10「キュート、落ち込みます (漫画で額にシャーとなる斜線のシールを貼りつけ、肩をガックリ落とす)」
平太「!」
Q10「落ち込み、足りませんか?」

『ガ〜ン』という立体の文字を肩に取り付ける。

Q10「(『ガ〜ン』をゆらしながら) が〜ん」
平太「——」
Q10「が〜ん」
平太「(何だかおかしくて笑ってしまう)」
Q10「(見る) 元気でましたか?」
平太「(笑っている) うん」

Q10「よかった」

日の入り。

平太「どこまでも一緒に行けたらいいのに」

Q10「(見る)」

平太「二人でさ、ずっと、遠いとこまで」

夕暮れの二人。

#27　鹿浜橋高校・人けのない廊下

中尾、ノートパソコンになにやら書き込んでいる。

『深井平太はヘンタイ!　恋人は人形!』

中尾「(掲示板に書き込んだものを、送信しようとする)」

ふと、視線を感じて顔を上げる。

丸い地球のような模様のカプセル(ガチャガチャの)を持った月子が立っている。

中尾「!」

月子「(カプセルを放り投げる)」

中尾「(びびりながら、受け取る)」

月子「開けて」

中尾「(開けようとするが、なかなか開かない)」
月子「それ開けるとね、大変なことが起こるよ」
中尾「！(カプセルを落とす)」
月子「力って怖いよね。持った途端、自分の思い通りにしたくなるんだもんね(カプセルを拾う)でしょ？」
中尾「――」
月子「誰かが力を持って思いどおりにするってことは、今ある世界が壊れるってこと」
中尾「――」
月子「壊すつもりなんでしょ？　今ある世界を」
中尾「――今ある世界」

＃28　フラッシュ

平太、Q10、中尾の三人のシーン。
例えば、中尾とQ10のデート。
中尾が特殊メイクで傷を作った時、乗り込んでくる平太。

月子「(声)本当に壊していい世界なのか、決して壊してはいけない世界なのか――」

＃29　人けのない廊下

中尾「――」
月子「それを見極められない者は力を使ってはならない（中尾にカプセルを渡す）」
中尾「（カプセルを見る）――でも、欲しいンだよ。今すぐ！　ものすごく欲しいんだッてば！」
月子「そう――でも、私は、あんたより、もっと大きな力を持ってるの。電話しても、ネットに書き込んでも、あんたの言う事なんか誰も信用しない。そーゆーようにしといたから（行く）」
中尾「おッ、お前、何者なんだよッ！」
月子「（振り返って笑いながら行ってしまう）」
月子の後ろ姿。
中尾の手に地球のカプセル。

＃３０　病院・待合室
ぼんやりしている民子。
パソコンを使っている人が気になる。

＃３１　民子のイメージ
パソコンの画面。

　裏サイト。誹謗中傷の嵐。

＃３２　病院・待合室

　民子の顔、こわばる。
　久保、民子を見つけて笑顔で近づいてくる。
　が、民子の顔を見て、「あれ？」となる。
民子「（久保を見つけて会釈するが、どこかぎこちない）」
久保「――」

＃３３　久保の病室

　民子と久保。
久保「もしかして、アレかな？」
民子「（見る）」
久保「ネットの悪口？」
民子「――知ってるんだ」
久保「直接見てない。ここ来たヤツの噂。ほら、赤毛の子って、他にいないから」
民子「――」
久保「あんなの、勝手に言わせておけばいいじゃん。そのうち、みんな、飽きるって」

民子「――このこと、私に面と向かって言ったの、久保君だけだ。みんな知ってるくせに、誰も何も言わない」
久保「――」
民子「声出して言ってくれないから、私、違うって言えないんだよね」
久保「――」
民子「言えないのに、ウソの私がどんどん作られていって――私、どこで言えばいいんだろう。そんな人間じゃないんだって、私、誰に向かって言えばいいんだろう?」
久保「――」
民子「（ネットで書き込んでいるヤツに向かって）声出して笑えよ！　声出してなじれよ！　ふざけるなッ！　（自嘲するように）でも届かない。名前のないヤツに、顔もないヤツに、どうやって言えばいいの?」
久保「――（指さす）それ」
民子「?（指した方を見る。自分のギター）」
久保「歌で、自分はそんなんじゃないって、言えばどうだろう」
民子「――」
久保「そんな噂、叩きつぶすようなヤツを作ってさ」
民子「――」
久保「で、オレに聴かせてよ」

民子「――」

#34　病院・玄関

久保と民子。

民子「これ、うちのバンドの（鞄からCDを数枚つかんで渡す）前、聴いてもらえなかったから」

久保「ありがとう――いいよな、好きなものがあるって」

民子「私、何で赤く染めてると思う？」

久保「かっこいいからだろ？」

民子「じゃなくて、目立つから。先生に注意されたり、皆がびっくりして振り返ったり、その度に私はここに居るって思ってた。ロックは、その後。派手な色の髪の毛の友達が出来て、その子の影響」

久保「そーなんだ」

民子「そーなの」

久保「でも、今は、それ（ギター）が相方なんだろ？」

民子「相方って、それじゃあ漫才師だよ」

久保「そっか」

二人、笑う。

＃35　深井家のマンション・外観（夜）

平太、鞄をひっくり返して何やら探している。
武広、平太の鞄の中身に興味津々。Ｑ10が使っていた例のシールを見つけて。

＃36　リビング

武広「何よ、これ？」
平太「ん？　顔に貼るシール。欲しかったら（あげる）」
武広「何？　こーゆーの流行《はや》ってるの？（シールを貼る）何探してるの？（『平太の音』と書かれたＣＤを見たりしてる）」
平太「ん、クスリ」
武広「（見つけて）コレじゃねーの？（渡す）」
平太「ん（受け取って飲む）」
武広「お前、ちょっと怒ってみろよ（と怒りのシールを貼る）」
平太、額に怒りのマーク。
武広「（見て）ハハハ、怒ってやんの」
武広、脚を揉んでいる。
平太「ね、我慢できないほど欲しいものってある？」

武広「もちろんあるよ。あるある。（横になる）お、脚（踏んでくれよ）」
平太「（武広の脚を踏んでやる）へえ、あるんだ」
武広「まあ、内緒だけどな。でも欲しいもんがあるっていうのは生きてる証拠だよ。ほら、お前さ入院してる時、何も欲しくないって言ってたのに、突然、トマトが食べたいって言いだしてさ」
平太「ああ、買ってきてくれたよね。たっかいヤツ」
武広「野菜売り場がさ、イキイキしてるんだよ。いつものスーパーなのに。お前が欲しいって言っただけでさ、いつもと全然違うの」
平太「（踏んでいる）」
武広「死ぬほど欲しいものがあるっていうのは、まだまだオレは生きるぞってことなんだよ」
平太「（踏んでいる）」

＃37　中尾の部屋

中尾の顔面がピクピク引きつっている。
その辺の物を叩きつけたり、引き裂いたり。
勢いづいて大事なルナちゃん人形まで引き裂いてしまい「ア〜〜ッ！」となる。
首の取れたルナちゃん人形。

そのまわりをオロオロまわる。

中尾「ん〜〜ッ！（顔面がピクピク）」

もう何が何やらわからないぐらいのパニック。

月子からもらった地球のカプセルが落ちて、中尾の足元に。

ものすごく怯える中尾。

＃38　鹿浜橋高校・外観（朝）

＃39　中庭

岸本、チロちゃんを捜している。

岸本「チロちゃ〜ん。どこ行ったのぉ？」

自分の匂いを嗅ぐ。

岸本「まだ匂うのか？　お〜い、オレだよ、オレ。もう帰ってきてよぉ」

＃40　理科準備室

柳と藤丘、オニギリを食べている。

柳「私さ、すごい発明しちゃったかも」

藤丘「？」

柳「(シールを見せる。漫画のツギハギ模様、つまり貧乏の記号)ジャ〜ンッ！　何でもビンボー！　これを貼ると、どんな高級な物でも、たちまち貧乏にしてしまえるの。どう？　すごくない？」
藤丘「はぁ（首をかしげる)」

＃41　会議室
しのびこんでくる柳と藤丘。
先生の高そうな持ち物（バッグや洋服など)、あるいは備品にシールを貼っては喜んでいる。

＃42　校内
自販機や、下駄箱に貼られた貧乏シール。
色々な所に貼られている。

＃43　廊下
柳と藤丘。
柳「(残ったシールを数えながら)あと、どこに貼ろうかな」
藤丘「先生は、貧乏は怖くないんですか？」

柳「――ねぇ、貧乏なんて、このシールみたいなもんだって思えないかな?」

藤丘「――」

柳「藤丘君は、今、いっぱいコレ、貼っつけてるだけ。でも、そんなの、その気になれば剝がせるのよ」

藤丘「――」

柳「私は、それ知ってるから、シールつけたままでも、全然ヘーキ」

藤丘「――」

柳「私は自分を信じてる」

藤丘「――」

#44　屋上

平太と思い詰めた中尾。

平太「何?」

中尾「(土下座する)」

平太「!」

中尾「キュート、オレに下さい」

平太「ちょッ、ちょっと待ってよ」

中尾「下さい!」

平太「だから——出来ないんだって」
中尾「(なおも) お願いします」
平太「もう、モノじゃないんだよ。オレにとって、キュートは」
中尾「——」
平太「誰かにあげたりなんて、そんなもんじゃ、なくなっちゃったんだよ」
中尾「——」
平太「中尾は、キュートのことをモノだと思ってるかもしれないけれど、オレには、もうそうは思えない」
中尾「キュートはモノだよ」
平太「!」
　中尾、屋上の柵を乗り越える。
平太「!」
中尾「くれなきゃ、飛び下りてやる!」
平太「なっ——」
中尾「深井は、人間の命とロボットと、どっちが大事なんだよ」
平太「——」
中尾「どっちだよ」
平太「——」

＃45　中庭

歩いているQ10。
ふと、ある方向に顔を向ける。
何かをキャッチして、歩く方向を変える。

＃46　屋上

柵の向こうの中尾。
それに向かい合う平太。
中尾「オレ、本気だぞ。どっちが大事なんだよ？」
平太「――（まっすぐ見て）キュートだ」
中尾「！」
中尾、飛び下りようとする。
平太、あわてて止めに入って、もみ合う。
あやまって平太の方が落ちてしまう。
中尾「あーッ！　あーッ！　あーッ！（あとずさり）」
パニックの中尾。
ポケットから地球のカプセルが転げ出て、割れる。

中尾「！」

　　いつの間にか月子がいて、それを拾う。

月子「あーあ、割っちゃったんだ。あんたは、これから、自分が壊した世界を生き続けなければならない。深井君を突き落としたという現実を背負ってね」

中尾「――」

月子「力を使うっていうのは、つまり、そういうこと」

中尾「――」

　　×　×　×

　　なぜか時間がさかのぼっている。

　　平太と中尾、もみ合っている。

　　先ほどいた月子はいなくなっている。

　　平太、落ちてしまう。

中尾「（え？　となる）」

中尾「あーッ！　あーッ！　あーッ！（あとずさりする）」

＃47　地上

　　落ちてくる平太を、両手を広げて見ているQ10。

　　平太をしっかりと受け止める。

Q10の足が平太の重みで地面にめり込む。
身を丸めている平太、おそるおそる目を開ける。
Q10が、抱きとめたまま、覗き込んでいる。

平太「(まだ心臓がバクバクいっていて、状況が判っていない)」

＃48　屋上

パニックの中尾。
ポケットから地球のカプセルが転げ出る。
でも、今度は割れていない。
カプセルを拾う中尾。
「中尾〜ッ！　中尾〜ッ！」というかすかに平太の声。
中尾、おそるおそる下を覗く。
Q10に抱きとめられた平太。
中尾、安堵で崩れ落ちる。

＃49　地上

平太を抱いたQ10。

Q10「今から、平太を投げ返します」

平太「えーッ？　うそぉ」
Q10「中尾クン、受け止めて下さい」
平太「ちょっ、ちょっと待って！」

＃50　屋上

中尾もパニック。

中尾「（下に）無理、そんなの絶対、無理だから」

＃51　地上

平太を抱いたQ10。

Q10「3、2、1！」
平太「（目をつぶって）うわッ！　うわッ！　うわッ！」

何も起こらないので、目を開ける。
覗き込んでいるQ10。

Q10「冗談です（ぎこちなく笑う）」
平太「（もうッ）」

＃52　鹿浜橋高校・外観（夜）

＃53　校長室

夜。
岸本、ガックリしながらチロちゃんとの写真を見ている。
ふと見るとチロちゃんがいる。

岸本「（嬉しい。抱き抱える）帰ってきたの？（自分を嗅ぐ）そうか、オレの匂いに戻ったか？　ほら、お父ちゃまの匂いだぞ、どーだ、ほらぁ、いい匂いだろ？」

＃54　教室

影山と河合。
押し黙ったままの二人。

影山「あの――オレ、ぐっちゃぐっちゃなんだ」
河合「――」
影山「つまり、会うとやっぱ好きだから何だってやってあげたくなるんだよ。だけど、一人になると、自分のやりたい道、進むべきかなって――」
河合「――」
影山「だからその――しばらく距離をおくっていうの？」
河合「（キュッと手を握る）」

影山「(その手を見て) あっいやぁ——だから、オレ、そのキュッとした手に弱いんだって」
河合「(もう一度、キュッとする)」
影山「(頭抱える) あっいやぁ」

＃55　深井家・リビング

大急ぎで夕食の片付けをしているほなみ。
飲み物を運んでいる千秋。
新聞を読む武広。

千秋「お父さん、CD、セットして」
武広「え?」
千秋「オハコの新曲。お母さん、まだぁ?」
武広、CDをセットする。
ほなみ「(ぬかりはないか辺りを見回して) 終わった」
千秋「飲み物、OK! ポップコーン、ある! (照明を落とす) 照明OK! 母ちゃん、始めるよッ!」
ほなみと千秋、改まった感じでソファに座る。
武広「いくよ (スイッチを入れる)」

心臓の音が聞こえてくる。
千秋「何、これ？　演出？」
武広「あ、ゴメン、これ違うわ」
ほなみ「もうッ！　これ何？」
武広、暗い中CDのラベルを読む。
武広「(明かりをすかして読む)深井平太の音」
三人、黙ってしまう。
ほなみ「平太の心臓の音？」
武広「——うん」
心臓の音。
千秋「あは、ちゃんと動いてるよ」
武広「ほんとだ。律儀にちゃんと、動いてる」
ほなみ「そっか、これが平太の音か」
暗い中、しみじみと平太の心音を聴く家族達。

#56　病院・久保の病室
久保、iPodを聴いていて「え？」となる。
CDの中に、『山本民子の音』を見つける。

久保「(民子の心臓の音だとわかる)」
　明かりの消えた部屋の中で、一人ベッドの中で民子の音を聴く久保。

#57　夜の公園

　民子、曲を作っている。
民子「(歌っている) 私が私でいることが、(コードを書き込む) 泣きたいぐらい難しい (曲変えて) 泣きたいぐらい難しい (違うかな)」

#58　鹿浜橋高校・理科準備室

　平太と中尾。
　ビーカーの湯を沸かす音だけが聞こえる。
中尾「怒ってる?」
平太「怒ってるっていうか――」
中尾「深井が死んでたらオレ――(固まってしまう)」
平太「お前が落ちてたかもしれないしな――どっちにしろ最悪だよ、オレ達」
　平太、ビーカーの湯で紅茶を淹《い》れる。
平太「この部屋でキュート見つけた」
中尾「!」

平太「まだスイッチ入ってない状態で、そこに座ってた」
中尾「（座ってた所を、ぼおっと見ている）」
平太「たまたま、オレが先に見つけただけなんだよ。だから、中尾の気持ちわかるよ。だって、そんなの不公平だもんな」
中尾「――」
平太「不公平ってイヤだよな。何でオレだけって、自分の中に恨みばっかりが積もっていって――」
中尾「――深井は、どうしてたの？」
平太「ん？」
中尾「だから、病気。自分のせいじゃないのに。いろんなこと恨まなかったの？」
平太「恨んだよ――でも、恨んでも、いいことなんか一つもなかった。っていうか、ひどくなるばっかりでさ。だから、この世は不公平だ。それでいいんだ。って思うようにした――そしたら、そんな目に遭ってるのはオレだけじゃないって気づいた。そうやって、オレは、恨みとか嫉妬とか、ろくでもないモノを、ちょっとずつ小さく折りたたんでいったんだと思う」
中尾「――」
平太「ちっちゃくはなるけど、なくならない。きっとオレのどこかに、あるんだと思う（中尾を見る）」

中尾「――」
平太「同じだよ。オレとお前。同じなんだよ」
中尾「――」

#59　小川家・居間

酒を飲んでいる小川。
その横にQ10。

小川「(少々酔っている)誰もオレの話なんか聞いちゃいないのよッ、それはわかってるの」
しげ「(Q10に)長いから、(ジェスチャーでいい加減に聞いた方がいいと言って台所へ消える)」
小川「黒板、書いてるだろ? パッて振り向いたらさ、教室、カラッポなんじゃないかって、思う時あるんだよ。なんか、時々、虚しくなるんだよね。オレ、カラッポの箱の中で何やってんだろうって」
Q10「教室はカラッポではありません」
小川「いや、比喩だよ比喩。たとえ。わかんないか?」
Q10「(CDを差し出す)教室はカラッポではありません」
小川「何? (見ると『3年B組の音』と書いてある)」

＃60　鹿浜橋高校・教室

テスト中。
小川、暇そうにしている。
辺りを見回して、そっと、Q10からもらった『3年B組の音』を聴く。
3年B組の生徒たちの心臓の音が流れだす。
それは、うねるような怒濤のような音。

小川「！（思わず顔を上げる）」

それぞれ、試験問題を解く生徒たち。
教室は生徒たちの鼓動で満ちている。
思わず、耳からイヤホンを引っこ抜く。

小川「――」

＃61　小川家・洗面所

風呂に入るので服を脱いでいる小川。
背中には、『オレは高校教師だ』と若干薄くなっているが、まだ書いてある。

しげ「(びっくり）あんたッ、いつから風呂入ってないの？」

小川「オレ、高校教師だよ」

しげ「何よ、急に」
小川「オレ、高校教師だから」
しげ「んなこと、背中、見たらわかるよ（行ってしまう）」
小川「え？　どういう意味？　何で背中なんだよ？（背中を見ようとする）」
　鏡に映った背中の字を見て。
小川「あっ」

＃62　深井家・平太の部屋
　ベッドに入っている平太。
　目を開けている。

＃63　回想
　屋上の平太と中尾。
中尾「深井は、人間の命とロボットと、どっちが大事なんだよ」
平太「キュートだ」

＃64　平太の部屋
　ベッドの平太。

平太「（モノローグ）小さくたたんで、しまっていたはずのモノが、少し開いたような気がした」

♯65　病院・久保の病室

平太と久保。

平太「（モノローグ）どうしよう。オレのろくでもないモノがまた手に負えないぐらい、大きくなってしまったら」
久保「（窓を見ながら）不安な夜はキライだ」
平太「何だよ、そんなの、幾つも越えてきたじゃないか」
久保「（見る）」
平太「手術の前の夜。同じ部屋のヤツが死んだ夜。検査の結果を待ってた夜」
久保「――」
平太「忘れてた？」
久保「ごめん、忘れてたかも」
平太「（笑う）じゃあ、幸せなんだ。お前、今、幸せなんだよ。――そっか、忘れられる日、くるんだ」
久保「――」
平太「――もう、ここはお前の場所じゃないんだよなぁ」

平太「（見る）じゃあ、どこなんだよ、オレの場所」
久保「そんなこと、自分で決めろよ」

＃66　回想

柳「それは自分で決めてよし！」

＃67　久保の病室

平太と久保。
平太「本当に自分で決めていいのかな」
久保「いーよ」
平太「例えば、それが、危ない場所でも？」
久保「しょーがないじゃん。それが、一番自分だと思える場所なんだろ？」
平太、窓の外を見る。
平太「それじゃあ、おれ――」
鉄塔が立っている。
平太「（モノローグ）あの鉄塔だ」

＃68　回想
平太と久保とQ10が鉄塔の下で掘り返している。
平太「(モノローグ)キュートが、世界が生まれましたと言った、あの鉄塔だ」

＃69　回想
『が～ん』をつけたQ10と平太。
夕暮れの二人。
平太「(モノローグ)キュートと、どこまでも一緒に行けたらいいのにと思った、あの鉄塔だ」

＃70　病院の窓
外を見ている平太。
平太「(モノローグ)あの鉄塔がオレなら――」
連なっている鉄塔達。
平太「(モノローグ)あれは、久保だろうか?」
別の鉄塔。
平太「(モノローグ)あっちは影山、あれは山本で」
鉄塔、鉄塔、鉄塔。

平太「（モノローグ）藤丘で、中尾で、河合で――」
　青空に立つ鉄塔。
平太「（モノローグ）どれも、空に向かって立っている」

＃71　回想
　運動場でヘリに向かって叫んでいる生徒たち。
平太「（モノローグ）それは、空に向かって、声にならない声で叫んでいるみたいで――」

＃72　回想
　子供の平太と久保が、カプセルを埋めている。
平太「（モノローグ）どうしていいか、ワケのわからない気持ちを深く根元に沈めて――」

＃73　回想
　これまでのそれぞれの生徒たちのカット。
　例えば――
　中尾のデート。

手術室に運ばれる久保。

前夜祭の河合と民子。

Q10の集めたお金を受け取る藤丘。

『河合は、きれいだッ！』と言っている影山。

平太「(モノローグ) 互いに手をさしのべるように、頼りない電線だけでつながってい
て、ポツンと一人、でも地面に精一杯踏ん張って――」

#74　道
歩いている平太。

振り返ると鉄塔。

平太「(モノローグ) オレはここにいる、と立っている。あーそうだ――」

#75　鹿浜橋高校・教室
誰もいない。

一人の、頼りなく、でも確かな心臓の音。

平太「(モノローグ) オレたちは、ここにいる」

【番組制作主要スタッフ】
脚本　木皿泉
演出　狩山俊輔／佐久間紀佳
プロデューサー　河野英裕／小泉守
音楽　金子隆博／小山絵里奈
主題歌『ほんとのきもち』高橋優（ワーナーミュージック・ジャパン）

＊

本書は、『Q10シナリオBOOK』（二〇一一年一月、双葉社刊）を、文庫化にあたり改題し、二分冊に致しました。
・「Q10」第1話〜第5話『Q10シナリオBOOK』（二〇一一年一月、双葉社刊）

JASRAC　出 1808822-801

Q10《キュート》 1

二〇一九年 二 月一〇日 初版印刷
二〇一九年 二 月二〇日 初版発行

著 者 木《き》皿《ざら》泉《いずみ》

発行者 小野寺優
発行所 株式会社河出書房新社
〒一五一-〇〇五一
東京都渋谷区千駄ヶ谷二-三二-二
電話〇三-三四〇四-八六一一（編集）
〇三-三四〇四-一二〇一（営業）
http://www.kawade.co.jp/

ロゴ・表紙デザイン 粟津潔
本文フォーマット 佐々木暁
本文組版 株式会社キャップス
印刷・製本 凸版印刷株式会社

Printed in Japan ISBN978-4-309-41645-8

すいか　1

木皿泉　41237-5

東京・三軒茶屋の下宿、ハピネス三茶で一緒に暮らす血の繋がりのない女性４人の日常と、３億円を横領し逃走中の主人公の同僚の非日常。等身大の言葉が胸をうつ向田邦子賞受賞、伝説のドラマ、遂に文庫化！

すいか　2

木皿泉　41238-2

独身、実家暮らしＯＬ・基子、双子の姉を亡くしたエロ漫画家の絆、恐れられ慕われる教授の夏子、幼い頃母が出て行ったゆか。４人で暮らしたかけがえのないひと夏。10年後を描いたオマケ付。解説松田青子

ON THE WAY COMEDY 道草　平田家の人々篇

木皿泉　41263-4

少し頼りない父、おおらかな母、鬱陶しいけど両親が好きな娘と、家出してきた同級生の何気ない日常。TOKYO FM系列の伝説のラジオドラマ初の書籍化。オマケ前口上＆あとがきも。解説＝高山なおみ

ON THE WAY COMEDY 道草　愛はミラクル篇

木皿泉　41264-1

恋人、夫婦、友達、婿姑……様々な男女が繰り広げるちょっとおかしな愛（？）と奇跡の物語！　木皿泉が書き下ろしたTOKYO FM系列の伝説のラジオドラマ、初の書籍化。オマケの前口上＆あとがきも。

ON THE WAY COMEDY 道草　袖ふりあう人々篇

木皿泉　41274-0

人生はいつも偶然の出会いから。どんな悩みもズバッと解決！　個性あふれる乗客を乗せ今日も人情タクシーが走る。伝説のラジオドラマ初の書籍化。木皿夫妻が「奇跡」を語るオマケの前口上＆あとがきも。

ON THE WAY COMEDY 道草　浮世は奇々怪々篇

木皿泉　41275-7

誰かが思い出すと姿を現す透明人間、人に恋した吸血鬼など、世にも奇妙でふしぎと優しい現代の怪談の数々。人気脚本家夫婦の伝説のラジオドラマ、初の書籍化。もちろん、オマケの前口上＆あとがきも。

昨夜のカレー、明日のパン

木皿泉　41426-3

若くして死んだ一樹の嫁と義父は、共に暮らしながらゆるゆるその死を受け入れていく。本屋大賞第2位、ドラマ化された人気夫婦脚本家の言葉が詰まった話題の感動作。書き下ろし短編収録！解説＝重松清。

93番目のキミ

山田悠介　41542-0

心を持つ成長型ロボット「シロ」を購入した也太は、事件に巻き込まれて絶望する姉弟を救えるのか？　シロの健気な気持ちはやがて也太やみんなの心を変えていくのだが……ホラーの鬼才がおくる感動の物語。

その時までサヨナラ

山田悠介　41541-3

ヒットメーカーが切り拓く感動大作！　列車事故で亡くなった妻が結婚指輪に託した想いとは？　スピンオフ「その後の物語」を収録。誰もが涙した大ベストセラーの決定版。

スイッチを押すとき 他一篇

山田悠介　41434-8

政府が立ち上げた青少年自殺抑制プロジェクト。実験と称し自殺に追い込まれる子供たちを監視員の洋平は救えるのか。逃亡の果てに意外な真実が明らかになる。その他ホラー短篇「魔子」も文庫初収録。

戦力外捜査官　姫デカ・海月千波

似鳥鶏　41248-1

警視庁捜査一課、配属たった2日で戦力外通告⁉　連続放火、女子大学院生殺人、消えた大量の毒ガス兵器……推理だけは超一流のドジっ娘メガネ美少女警部とお守役の設楽刑事の凸凹コンビが難事件に挑む！

神様の値段　戦力外捜査官

似鳥鶏　41353-2

捜査一課の凸凹コンビがふたたび登場！　新興宗教団体がたくらむ“ハルマゲドン”。妹を人質にとられた設楽と海月は、仕組まれ最悪のテロを防ぐことができるか⁉　連ドラ化された人気シリーズ第二弾！

ゼロの日に叫ぶ　戦力外捜査官

似鳥鶏　41560-4

都内の暴力団が何者かに殲滅され、偶然居合わせた刑事二人も重傷を負う事件が発生。警視庁の威信をかけた捜査が進む裏で、東京中をパニックに陥れる計画が進められていた——人気シリーズ第三弾、文庫化！

世界が終わる街　戦力外捜査官

似鳥鶏　41561-1

前代未聞のテロを起こし、解散に追い込まれたカルト教団・宇宙神瞠会。教団名を変え穏健派に転じたはずが、一部の信者は〈エデン〉へ行くための聖戦＝同時多発テロを計画していた……人気シリーズ第４弾！

推理小説

秦建日子　40776-0

出版社に届いた「推理小説・上巻」という原稿。そこには殺人事件の詳細と予告、そして「事件を防ぎたければ、続きを入札せよ」という前代未聞の要求が……ＦＮＳ系連続ドラマ「アンフェア」原作！

アンフェアな月

秦建日子　40904-7

赤ん坊が誘拐された。錯乱状態の母親、奇妙な誘拐犯、迷走する捜査。そんな中、山から掘り出されたものは？　ベストセラー『推理小説』（ドラマ「アンフェア」原作）に続く刑事・雪平夏見シリーズ第二弾！

殺してもいい命

秦建日子　41095-1

胸にアイスピックを突き立てられた男の口には、「殺人ビジネス、始めます」というチラシが突っ込まれていた。殺された男の名は……刑事・雪平夏見シリーズ第三弾、最も哀切な事件が幕を開ける！

アンフェアな国

秦建日子　41568-0

外務省職員が犠牲となった謎だらけの轢き逃げ事件。新宿署に異動した雪平の元に、逮捕されたのは犯人ではないという目撃証言が入ってきて……。真相を追い雪平は海を渡る！　ベストセラーシリーズ最新作！

サマーレスキュー　～天空の診療所～

秦建日子　41158-3

標高二五〇〇mにある山の診療所を舞台に、医師たちの奮闘と成長を描く感動の物語。ＴＢＳ系日曜劇場「サマーレスキュー～天空の診療所～」放送。ドラマにはない診療所誕生秘話を含む書下ろし！

愛娘にさよならを

秦建日子　41197-2

「ひとごろし、がんばって」――幼い字の手紙を読むと男は温厚な夫婦を惨殺した。二ヶ月前の事件で負傷し、捜査一課から外された雪平は引き離された娘への思いに揺れながら再び捜査へ。シリーズ最新作！

ダーティ・ママ！

秦建日子　41117-0

シングルマザーで、子連れで、刑事ですが、何か？　――育児のグチをブチまけながら、ベビーカーをぶっ飛ばし、かつてない凸凹刑事コンビ（＋一人）が難事件に体当たり！　日本テレビ系連続ドラマ原作。

ダーティ・ママ、ハリウッドへ行く！

秦建日子　41273-3

シングルマザー刑事の高子と相棒の葵が、セレブ殺害事件をめぐって大バトル⁉　ひょんなことから葵はトンデモない潜入捜査をするハメに……ルール無用の凸凹刑事コンビがふたたび突っ走る！

ザーッと降って、からりと晴れて

秦建日子　41540-6

「人生は、間違えられるからこそ、素晴らしい」リストラ間近の中年男、駆け出し脚本家、離婚目前の主婦、本命になれないＯＬ――ちょっと不器用な人たちが起こす小さな奇跡が連鎖する！　感動の連作小説。

問題のあるレストラン　1

坂元裕二　41355-6

男社会でポンコツ女のレッテルを貼られた７人の女たち。男に勝負を挑むため、裏原宿でビストロを立ち上げた彼女たちはどん底から這い上がれるか⁉　フジテレビ系で放送中の人気ドラマ脚本を文庫に！

問題のあるレストラン　2

坂元裕二　41366-2

男社会で傷ついた女たちが始めたビストロは、各々が抱える問題を共に乗り越えるうち軌道にのり始める。そして遂に最大の敵との直接対決の時を迎えて……。フジテレビ系で放送された人気ドラマのシナリオ！

Mother　1

坂元裕二　41331-0

「あなたは捨てられたんじゃない。あなたが捨てるの」小学校教師の奈緒は、母に虐待を受ける少女・怜南を"誘拐"し、継美と名付け彼女の本物の母親になろうと決意する。伝説のドラマ、遂に初の書籍化。

Mother　2

坂元裕二　41332-7

「お母さん……もう一回誘拐して」室蘭から東京に逃げ、本物の母子のように幸せに暮らし始めた奈緒と継美だが、誘拐が発覚し奈緒が逮捕されてしまう。二人はどうなるのか？　伝説のドラマ、初の書籍化！

ウホッホ探険隊

干刈あがた　41582-6

「僕たちは探険隊みたいだね。離婚ていう、未知の領域を探険するために、それぞれの役をしているの」。離婚を契機に新しい家族像を模索し始めた夫、妻、小学生の二人の息子達を、優しく哀切に綴る感動作！

彼女の人生は間違いじゃない

廣木隆一　41544-4

震災後、恋人とうまく付き合えない市役所職員のみゆき。彼女は週末、上京してデリヘルを始める……福島－東京の往還がもたらす、哀しみから光への軌跡。廣木監督が自身の初小説を映画化！

永遠をさがしに

原田マハ　41435-5

世界的な指揮者の父とふたりで暮らす、和音十六歳。そこへ型破りな"新しい母"がやってきて——。親子の葛藤と和解、友情と愛情。そしてある奇跡が起こる……。音楽を通して描く感動物語。